ハヤカワ
時代ミステリ文庫
〈JA1502〉

芭蕉の娘

佐藤恵秋

早川書房

8728

目次

芭蕉の娘

登場人物

雅……………………………………松尾芭蕉の娘。風の姉
風……………………………………松尾芭蕉の娘。雅の妹
松尾芭蕉……………………………『奥の細道』作者
河合曾良……………………………芭蕉とともに旅をした俳人
宝井其角
向井去来
杉山杉風 ……………………………芭蕉の弟子たち
天野桃隣
斯波園
猪兵衛………………………………雅と風の従兄
市川團十郎…………………………歌舞伎役者
半六…………………………………市村座の頭取
根本道瑛……………………………結城藩の侍医

序章

梅雨に入って久しく、大川(隅田川)の岸辺のあちこちに花菖蒲《はなしょうぶ》の紫が映える。江戸深川も夏の盛りを迎えようとしていた。

日は長くなり、七ツ半(午前五時)にはもうすっかり明るくなっていた。朝早くから聞こえる蟬の鳴き声が少し煩わしい。

そんな元禄七(一六九四)年五月十一日の朝、俳聖、松尾芭蕉は西方へ旅立つ。

芭蕉は深川に草庵を構えて十五年、伊賀への帰郷を含め上方へ二度、世に知られる奥州への道中もあり、旅に出てばかりだった。

前の年の夏、体を壊し、庵に籠もる内、五十路の声を聞く。回復し、漸く落ち着くかと思われた矢先、宝井其角《たからいきかく》から門人の之道《しどう》と珍碩《ちんせき》の二人が俳諧の境地が合わず、不仲となり、手に負えず、間を取り持って欲しいと請われた。

是非もなく、芭蕉は黒い道服を着付け、脚絆《きゃはん》を巻いて草鞋《わらじ》を履く。旅装束に身を包み、倅《せがれ》の次郎兵衛と弟子の曾良《そら》を伴い、最後の旅に出る。

芭蕉の娘、雅《まさ》と風《ふう》が見送りに来ていた。

延宝八（一六八〇）年生まれ十五歳の双子である。

「二人で風雅だ」

芭蕉は興じて倒語よろしく逆さにして姉を雅、妹を風と名付けた。

芭蕉は日本橋から深川へ移り、妻の寿と別居している。雅と風は寿に付き、芭蕉からの仕送りで何とか倹しく暮らしていた。

雅と風が芭蕉の種ではないという噂も満更、中傷でもなさそうではあるが、定かではない。芭蕉と寿のみぞ知る。

寿は近頃、臥せりがちで日に日に窶《やつ》れていた。とても芭蕉を見送れる状態ではなく、家で芭蕉の無事を祈る。

雅と風は双子だが、顔も性格も似ていなかった。似ていないが、二人とも顔立ちは良い。深川で評判の美人、寿の血を引いていることは違いなかった。

雅は十五歳にして艶やかである。切れ長の目が涼しげな男好きのする花貌はどこへ行っても人目を惹いた。

歌舞伎を始め芝居好きで、近頃は市川團十郎を贔屓にしている。顔見知りも多く、芝居を観に行けば、必ず寿司、天麩羅、蕎麦などなど旨いものを食べて帰って来る。

決して豊かではない暮らしで、そのような贅沢ができるのは雅が時折、茶屋で働いて稼いでいたからというのだった。毎日働いてはいないが、雅の美貌を目当てに来る客が増えたということで日銭を弾んでくれているらしい。自らの贅沢を満たしながら家にも少しだが、端銭を入れていた。

とにかく、社交的な小町娘である。

風も十五歳、目、鼻、唇が小振りで纏まり愛らしい。

しかし、いつも仏頂面で詰まらなそうにしていた。可愛げなくて声を掛けづらく、芭蕉の弟子たちは敬遠して寄り付かない。幼い頃、病弱で自由に外で遊ぶこともままならず、家の中で臥せりがちだったことがそうさせたか。

本が好きで、それ故か家に引き籠もりがちだが、新書が出れば、どうやって聞き付けたか、その時ばかりは雅に借り銭をせびり、外へ出て借りて来ては読み耽った。

従って、身内と芭蕉の弟子たちの他、知り合いなどいやしない。

そんな風を雅は、

「父様を見送りに行くよ」

引っ張るように連れ出した。

姉妹は夏らしく麻の小袖だが、雅は浅葱で小ざっぱりと、凪は暑中でも柿色と季節感がない。

雅も凪も髪型は髷を折り曲げて元結で締める島田髷だが、どこか違う。雅は綺麗に結い整えて見栄えが良く、凪は無雑作で性格が表われていた。

引っ込み思案の凪は壁板に凭れて白っとした顔で俯き、右足で地面を蹴っている。父の芭蕉を見送りに来るのも面倒臭そうに見えた。

その実、内心は、

(顔色悪いじゃない。大丈夫なの?)

と、芭蕉の体調を案じている。

心中を照れ隠しして面に出せない性なのだ。

雅は芭蕉の手を取り、

「顔色が悪いけど、大丈夫なの?」

心配そうに訊ねる。

やはり双子だ。同じことを考えている。声に出して、

「無理しては駄目よ。兄様、父様が具合悪そうにしたら旅を続けることを強く思い止まらせてね」

芭蕉に重ねて言い、兄の次郎兵衛に妹ながら言い付けた。

然して、芭蕉は娘たちに見送られて旅立つ。

「では、行って参る」

芭蕉が出立を告げ、

「ご無事を祈ってます」

雅は心の底から言い、風は小さく頷き、

(体を労わりなさいよ)

念じていた。

これが父娘の今生の別れになるとも知らず……

芭蕉一行は、東海道を西進し、五月二十八日には故郷の伊賀上野に入った。

伊賀上野に留まりながら湖南や京を訪ねて過ごす間、蕉門十哲の一人、向井《むかい》去来《きょらい》が京に営む落柿舎に滞在中、妻の寿の訃報が届く。

夫婦仲は冷めていたが、やはり妻の死には動揺した。

此度、上方遊歴の目的は門人、之道と珍碩の仲を取り持つことにある。

しかし、芭蕉は逆行するように近江へ戻り、膳所《ぜぜ》の義仲寺無名庵で草鞋を解いた。寿の死を吹っ切るかのように近江の処々にて三十六で成る連句、歌仙を催す。七月五日、漸く近江から腰を上げ、京の桃花坊去来亭に移った。然れば、次こそ大坂へ赴くか。

ところが、芭蕉は南へ向かい、伊賀上野に帰郷し、二ヶ月も留まった。

江戸を旅立って瞬く間に五ヶ月が経つ。

漸く大坂へ足を運んだのはもう秋も深まった九月に入ってからだった。

九日、まず若い珍碩を訪ねる。この時、熱が高く、悪寒もしたが、不調を押して二十里、生駒山を越える。

十二日に珍碩と之道の手打ちの会を催した。

その甲斐もなく、和解には至らず、心労から体調は悪くなるばかりで、発熱し、頭痛を訴える。

下痢することしばしばだった。それでも死に急ぐかのように体を酷使し、句会を続ける。

二十一日の車要亭での半歌仙は深夜にまで及んだ。

二十六日は大坂新清水の料亭浮瀬で十吟歌仙、二十七日は斯波園《しばその》の家宅にて九吟歌仙と連日の会席が衰弱した体に良いはずはない。

園の屋敷での句会の後、饗応された美食のうち茸が良くなかった。長年、痔を患い、弱った胃腸を苛む。

二十八日の畦止亭の句会には何とか顔を出せたが、二十九日の芝柏亭の句会に姿を見せることはなかった。

十月五日、御堂筋の花屋仁左衛門の離れに移り、八日、病中吟と称して、

旅に病んで夢は枯野をかけ廻る

最後の句を詠む。

芭蕉は生ある限り句を練り続けた。

病の床で推敲し、

なほかけ廻る夢心

枯野を廻る夢心

思案している。

そして、ついに最期の時が来た。

十二日明けの七ツ（午前四時）、芭蕉は次郎兵衛、向井去来や宝井其角たち門人に看取られて息を引き取る。享年五十一。

命を懸けて句を詠み続けた生涯だった。

十四日暮れの九ツ（午前零時）過ぎ、芭蕉の遺言により遺骸は直愚上人を導師として義仲寺境内に埋葬される。

三百人を超える芭蕉を慕う人々が会葬に立ち会う。門人は八十人を数えたが、江戸から駆け付けたのは宝井其角のみだった。

十月二十二日と二十三日の両日、江戸で杉山杉風《すぎやまさんぷう》、天野桃隣《あまのとうりん》、河合曾良、志太野坡《しだやば》ら芭蕉の門人が集まり、追善句会を開く。

句会の後の会席には芭蕉の娘、雅と風も顔を出した。

風は仏頂面で詰まらなそうにしていた。

可愛げなくて声を掛けづらく、芭蕉の弟子たちは寄り付かない。

雅は来客に愛想良く、如才なく振る舞っている。

「雅ちゃんは行く末、どれほどの美姫になるか」

天野桃隣が目尻を下げて称えた。

五十路半ばにしてなお色を好む芭蕉の血縁である。美《よ》い女に目がなく、艶麗な雅にちょっかいを出さぬはずはなかった。

「落ち着いたら家に遊びに来なさい」

雅に言い寄っている。

余りにしつこく、人付き合いの良い雅でも辟易していた。それを顔に出さず受け流しているから桃隣はますます付け込む。

そこへ、

「艶本に挿す春画の絵姿にされちゃうよ」

風が桃隣の背後に立っていた。

「ね、桃林堂蝶麿《とうりんどうちょうまろ》さん」

そう桃隣を呼ぶ。桃隣が好色本を書く時の筆名である。

「な、何を」

桃隣はあたふたした。

風は桃林堂蝶麿こと桃隣の作も読んでいた。

「よくもまああそこまで嫌らしいことが書けるわね。春画まがいの挿絵なんか他人の閨房を覗き回っているみたい。けど、どれも深みがないわ」

と、身も蓋もないほど容赦なく扱き下《な》ろす。

これには軽佻浮薄《けいちょうふはく》な桃隣も色を作した。

桃隣に迷惑していた雅でさえ、

「言い過ぎよ」

窘《たしな》める。

風は口を尖らせて、

「ふんっ」

言い捨てて、その場を離れた。

(助けてあげたのに)

風は面白くない。

ぷいと外方《そっぽ》を向いた視線の先に四十路半ば過ぎの大尽が笑みを称えていた。

芭蕉に東三十三国の俳諧奉行と評された杉山杉風であり、幕府御用を務める魚商、鯉屋を営む富豪である。

「風さんは本を見る目がありますね」

声を掛けてきた。

褒められても、

「ただ思ったままを言っただけよ」

風はつっけんどんに返す。

それでも杉風は笑みを消さず、

「この八月、弟子衆の句を編んだ別座鋪《べつざしき》に関わりましたが、この機に本屋を始めようと思っています。処々から本を仕入れ、売ったり貸したりしようと思っているのですが、良い本でないと買い手も借り手も付きません。江戸は武家も町人も本が大好きです。目も肥え、面白くなければ、読みません」

と、打ち明けた。

「それで」

風は焦れったそうに言う。

すると、杉風は、

「風さん、本の目利きをしてくれませんか」

唐突に切り出した。

「えっ」

「風さんには目利きの才があると存じます」

「好きなだけ本が読めるの？」

風の心が動く。本は一冊、銀二分で借りられるが、母も亡くなり父も逝った今、これから本を借りるどころか、身過ぎを考えなければならない。

願ってもないことだが、風は尚も難しい顔をしていた。

（旨い話には裏がある）

疑っている。

「良い話じゃない」

口を挿《はさ》んだのは雅だった。

風と杉風の対話に誘われるようにして、桃隣をあしらって逃れられたのだ。

「好きな本を読んでお金を貰えるなんて、この上ないじゃない。あんた、無愛想で仕事なんかありやしないんだから、これは受けるべきよ」

風の背中を押す。さらに、

「そうだ。私が外へ売り込みに出るわ。杉風さん、どう？」

と、持ち掛けた。

「ほお」

杉風の琴線に触れる。

「雅さんのような美人が売り込みに出掛けてくれたら繁昌《はんじょう》間違いなしだ」

了承しないはずがなかった。

「ね、風、やりましょう」

雅は風の気持ちなど意に介さず勝手に話を進める。

「そんな」

風は眉間に皺を寄せた。

雅は知らぬ顔で、

「杉風さん、よろしくお願いします」

勝手に請け負ってしまう。

「ちょっと」

風は目を剝いた。が、

「やりたいんでしょ。好きなだけ本、読めるわよ」

雅は風の本音を言い当てる。

第一章　上方蕉門の柵《しがらみ》

一

芭蕉が大坂で客死してからもう八年にもなる。

江戸に住む人々は士民合わせて三十五万を超えていた。市井には人が行き交い、万物が流通し、活気に溢れている。

江東の深川も米屋に土蔵、八百屋、船宿、水茶屋から問屋の大店まで建ち並び、屋台も数多に繰り出して賑わっていた。

寛永四（一六二七）年、深川八幡宮の開基により門前に商家が軒を連ね始める。そして、明暦元（一六五五）年、一軒の料理茶屋から始まり、公儀の許しを得て茶屋は増えていき、栄えていった。

何より元禄十一（一六九八）年、将軍綱吉の五十歳の祝賀に永代橋が架けられてからは大川両岸の行き来が容易くなり、深川の発展は加速する。今では江戸の中でも最も人が集まる町の一つになっていた。

この町に芭蕉の娘、雅と風が棲み暮らしている。

芭蕉が上方へ旅立った時、路銀を捻出するため家を売り払ってしまった。

異父兄の次郎兵衛は芭蕉の死後、伊賀に留まり松尾本家にいる。

父、芭蕉も母、寿も、もうこの世にいない。姉妹二人、寿の甥の松村猪兵衛《いべえ》や杉山杉風たち門人に支えられて日々凌いできた。

雅と風はもう二十三歳になる。

姉の雅は十代半ばから目鼻立ち見映え良く、艶やかだったが、さらに美貌を増し男心を擽《くすぐ》る女性に成長していた。知り合いが多く浮いた噂も絶えない。

反して、風は相変わらず愛想がなかった。

杉風の書庫で本に囲まれて過ごしている。

風は本の優劣を見極め、売れると判断する才があった。好きな本を存分に読める。目利きは風の天職と言えた。

風の選りすぐった本を売り貸しする。

売れれば儲かるが、本は高値なので買い手は限られた。

江戸の人々は本が好き故に貸し本業が活況を呈している。

貸し料は一冊、銀二分で、利は薄かった。得意先を抱えて専ら行商で一度に数冊を売り込む。

行商は快活な雅に向いていた。次々と注文を取ってくる。

風が目利きして雅が貸し付け、姉妹は支え合って暮らしていた。

杉風は本の売り上げを得て、姉妹には貸し本の利権を与えている。

決して裕福ではなかったが、貸し本の収入で日々なんとか過していけていた。

それほどに余裕はないにもかかわらず、

「父様のお墓参りに行きましょう」

雅が言い出す。しかも行き先は江戸から百二十五里も彼方の近江膳所であった。

「出し抜けに、どうしたの。七回忌はとうに過ぎているし、十三回忌はまだまだ先じゃない」

風は合点がいかない。出不精なこともあるが、

「路銀はどうするの」

近江へ行って帰る費用など考えられなかった。

これ以上、芭蕉の門人たちに負担を掛けることも憚られる。

ところが、

「これよ」

雅は一冊の本を見せた。

風は目が悪い。見難い目を凝らして本に近付け、

「おくの細道」

題目を読み取った。

「今さら」

である。

芭蕉が奥州へ旅して処々で句を詠み、書き留めていたことは知っていた。それから十三年も経っている。作者の芭蕉ももう死んでしまった。風が訝るのも無理はない。

雅は頷き、説明する。

「浅草の自性院のご住職、柏木素龍《かしわぎそりゅう》さんが上手に書き綴って纏めてくれていたの。素龍さんは三年前に亡くなったけど、埋もれていたのを去来さんが見付けて京の井筒屋（庄兵衛）さんに出してもらったのよ。それが売れて、娘の私らにも取り分ってね」

そういうことであった。蕉門十哲の一人、向井去来が嚙んでいる。

「本が売れて書き手に実入りがあるなんて聞いたことがないよ」

風の言うとおりで、井原西鶴が好色一代女を出した時、版元に饗応されただけだった。

「去来さんが井筒屋さんに掛け合ってくれたのよ。作り手に実入りがないっておかしいでしょ。浮かばれないじゃない」

雅の言うことも尤《もっと》もである。

「ふ〜ん」

風は取り敢えず納得した。

「まあ、読んでみなさいよ」

雅は風の手を引き、奥の細道の本を掌に押し付ける。

風は仏頂面で受け取り、奥へ引き籠もった。

風は部屋に籠もり、奥の細道を一刻半（三時間）で読み切ってしまう。百六十日にも及ぶ芭蕉にしては長編の紀行文だが、物語であれば、短編ほどの枚数だった。

「ふ〜ん」

気のなさそうな反応だが、風なりに感心している。

「西行法師の五百回忌に同じ道を歩いたか。西行法師の見た風物を目の当たりにして詠む句も冴えたか」

平安末期の和歌の大家が旅に求めた率直質実を旨としながら、情感を衒《てら》うことなく表わし、平俗にして気品高く、閑寂にして艶のある作風を彷彿させた。

「不易流行《ふえきりゅうこう》ね」

いつまでも変わらぬ不易と止まることなく進んでいく流行の両面から俳諧の本質を捉えようとする芭蕉の根本を読み取っていた。

芭蕉の娘ながら風は俳諧には興味がなく、妙はわからないが、気に入った句もあった。

「夏草や兵どもが夢の跡、か」

五百年も前、奥州藤原三代の栄華の儚さと義経の最期が偲ばれる。

高館に立って見渡せば、藤原家の築いた栄華は跡形もなく、ただ夏草が生い茂るという風景が脳裡に浮かんだ。

その後で詠んだ、

「五月雨の降り残してや光堂」

藤原家は滅びても中尊寺の金色堂は五百年経っても色褪せず、美しいまま雨を凌いでいた。

建物は遺っても人の成すことなど全て短い夢だと思わせる。

「それにしても多くの人たちと交わったものね」

美しい風景に触れて目を肥やすだけでなく、人々との出会いや思いに触れ、趣深い作品に仕上がっていると評価できた。

「父様の墓参りか」

芭蕉の霊に語り掛けるのも悪くないと思いつつある。

ふと、

「夏草や兵どもが夢の跡？」

この句が気になって仕方がない。

「どこかで見た」

忙しく思考を巡らせ、暫し記憶を辿ること八年、

「旅に病んで夢は枯野をかけ廻る」

芭蕉が最後の旅の果てに詠んだ句に突き当たる。

「夢」

その字が引っ掛かった。

「夢って何？」

夕刻、雅が行商から戻って来た。

風は早速、

「ねえ、この二つの句、父様、夢って使っている。夢って何だろう」

それを訊いてみる。

「一日、歩いて疲れているんだけど」

雅は文句を言う。

風は構わず、

「何かな」

問い続ける。

「もう」

雅は怒るより呆れた。

「兵の夢なんだから城取りとか、国取りとかじゃない」

それに対して風は顰め面で首を横に振り、

「違うよ。父様の言う夢よ」

と、なお言う。

「父様の夢なら俳諧の大成じゃないの」

雅はもう相手にするのも億劫だった。

それでも、

「そうじゃない」

風は追求を止めない。

「父様が平泉で詠んだのが五月十三日、暑くて夏草の生い茂る頃、亡くなる前、十月八日にはどこも木々の葉は落ち枯野となる」

また口ずさみ、

「それはどこ？」

そして、

「夢って何？」

風は考え込んだら止まらない。

二

元禄十五（一七〇二）年も秋が深まり、九月二十二日、雅と風は近江へ向けて旅立つ。

姉妹を援助してくれている蕉門十哲の杉風は、

「それは良いことです。気を付けて行ってらっしゃい」

と、大いに賛同し、旅の手続きを引き受けてくれた。

女の旅は厳しく制限されているというのは武家の身内だけだった。入鉄砲に出女と言われるのは実のところ人質として江戸に住まわせている大名の妻娘や母親の脱出を抑止することである。

それに比べて町人は自由な方で伊勢神宮、日光東照宮、善光寺や著名な寺社へ参詣するための旅は届出すれば、ほとんど許された。

近江の義仲寺はこの当時、著名であったかどうか。しかし、俳聖、松尾芭蕉の墓参りであり、杉山杉風の伝手《つて》もあって通行手形は無事、下された。

「さあ、行きましょう」

雅は心を浮き立たせ、気乗りしない風に上張りを着せ、手甲、脚絆を巻き、白足袋を履かせ、引っ張り出すようにして連れ出して行く。

雅と風は父、芭蕉の最後の旅程をなぞるかのように東海道に足を踏み入れた。

江戸深川から近江膳所は百二十五里、女の脚では一日五里が良いところであり、二十五日は掛かる。初日は品川、川崎と経て神奈川宿まで足を延ばした。

藤沢から大磯へ海岸線をひたすら歩き、四日目は雅が、

「今日は、どうしても箱根に泊まる」

と、言う。

「え〜！　十里はあるよ」

風は目を丸くして耳を疑う。

「もう四日目よ。今日はお湯に浸かりたいの」

雅はさっぱりしたかった。

箱根は江戸防衛の要所として関所が設けられ、宿が正しく林立している。

開湯は千百年近くも前になる奈良の世の天平十（七三八）年に釈浄定坊が惣湯を発見したことに始まり、この源泉は健在だった。

箱根の湯を世に知らしめたのは彼の豊臣秀吉である。小田原征伐の滞陣で諸国から集まった将兵の無聊《ぶりょう》を慰めている。

雅と風にとって江戸を出る前日以来の湯浴みだった。長旅に慣れない雅と風は体に付いた塵芥と汗が堪らなく煩わしい。

まだ、湯治客は少なく、幸い女性ばかりだった。

雅は着衣を脱ぎ捨て、肉付き良く均整の取れた肢体を惜しげもなく晒し、飛び込むようにして湯に入る。

「ああ、お肌が喜んでいる」

風は華奢で胸も小さい。外の湯など入ったことがなく、怖ず怖ずと身を沈めた。

姉妹ながら雅と風は一緒に湯浴みをしたことがない。

雅は風の乳房を見て、

「形が良いわね」

と、羨ましがった。

風は顔を顰め、

「嫌味」

と、言い返す。

雅の豊かな乳房に比べれば、風のは貧相だった。

しかし、雅は両手を自らの乳房に添えて少し持ち上げ、

「これよ」

不満げに言う。

大きいが、少し垂れ気味だった。風の乳房は小さいが、丸みが程良い。

「どうでも良いよ」

風は美の追求など興味がなかった。

「箱根の湯は疲れを癒し、臓腑に優しく、筋や節々の痛みを和らげ、肌を艶やかにする。だから、姉さんに付き合った」

古文書で得た知識に尽きる。

雅と風は旅の疲れも忘れるほどに箱根の湯浴みを堪能した。

翌朝は目覚めも良く、足取りも軽く次の宿場へと歩み行く。

三島、吉原、七日目は由比を経て興津へ向かった。

いよいよ難所の薩埵峠に差し掛かる。

道幅は人と人が漸く擦れ違えるほど狭かった。上りは厳しく雅と風の腿の筋肉が悲鳴を上げる。

やがて、峠へ辿り着いた。

「き、綺麗」

雅が感嘆の声を上げる。

眼下に駿河の海原が広がり、初冬の澄み切った大気に富士の山の雄姿が映える。懸垂曲線の優美な山容を目の当たりにして、

「絵のようね」

と、雅は染々《しみじみ》言う。

富士は尾形光琳や狩野常信によって描かれ、人々の目を楽しませていた。

感動の薄い凪も、

「ええ」

素直に明媚を認める。

辛い上りに堪えた甲斐があった。

さて、峠越えの後半は下りで楽かと思われがちだが、足を滑らせないよう細心の注意が続く。脚への負担は上りより大きかった。

下り切った時、雅と凪は力尽きる。

「今日はここまでにしましょう」

雅が音を上げると、

「そうしよう」

凪も異存はなかった。

この日は興津に泊まる。

鞠子、島田、大井川——

芭蕉は増水で足止めされたが、雅と凪は運良く川の流れも穏やかで、人足の肩に担がれて対岸の金谷へ渡った。

袋井、浜松、赤坂、宮からは美濃路に移り、清須、稲葉、起、墨俣、垂井、醒ヶ井、愛知川、草津、そして、膳所、何とか芭蕉の命日に間に合う。

風と雅は芭蕉の眠る義仲寺を訪れた。

そこで一人の老師が拝跪していた。

老師は拝み終え、風と雅に気付く。

「雅さんと風さん、か」

老師は名を呼ぶが、風は首を捻る。わからない。

「曾良…さん」

雅は心の奥底の記憶を辿って訊いた。

芭蕉と奥の細道を共に歩んだ河合曾良である。

追善句会に参加していたが、会席には出なかったので、風はほとんど接していなかった。

曾良はもう五十路も半ばだが、年より若く四十代にも見える。

「曾良さんよ。父様と奥州を旅された。追善句会にもいらしていたじゃない」

雅が風に諭した。

「へえ」

風は興味が湧いたらしい。

「師匠の死に目にも会えず、八年も過ぎ、漸く墓に参ることができました」

曾良は芭蕉の娘たちに詫びた。

「奥の道中を聴かせて」

と、風が言い出す。

雅が慌てて、

「出し抜けに何を言っているの。迷惑よ」

風を窘めた。

迷惑ではないが、曾良は余裕がなさそうで、

「これを」

日記と革に硝子を嵌めて繋げた二つの輪を風に手渡して逃げるように立ち去る。

突然、出遭い、瞬く間に去り行く。

雅と風は呆気に取られて曾良の後姿を見送っていた。

三

雅と凪は芭蕉の墓参の後、京へも足を運び、嵯峨野に向井去来の草庵、落柿舎を訪ねる。

その名に由来する柿がたわわに実っていた。

二十代半ばの艶々しい女性が柿を捥《も》いで二人の童女に手渡している。雅と凪に気付き、ぺこりと頭を下げた。

童女たちは女性の後ろに隠れて恥ずかしそうにしている。

「私は雅、この娘は凪、松尾芭蕉の娘です。去来さんはいらっしゃいますか」

雅が名乗り、訊ねた。

「は、はい」

女性は童女たちの手を引いて庵の中へ入る。

程なく五十絡みの翁が出て来た。

「良く来てくれました」

去来は雅と凪を歓待する。

顔色が余り良くなかった。曾良より二歳年下で、まだ五十路に入ったばかりだが、どこか悪いのかも知れない。

「可愛い子たちですね」

雅が訊いた。

「八歳の登美と六歳の多美、私と妻の可南の娘です」

相好を崩して応える。

四十過ぎてできた子であり、可愛くて仕方ないようだ。

「さ、中へ」

去来は雅と颪を庵の中へ請じ入れた。

落柿舎の間取りは玄関から右奥に二帖が二室、左の手前から四帖半と奥に三帖の、四室から成る。

雅と颪は四帖半に案内された。

「お墓参りができて良かった」

それを去来は喜ぶ。

「父は京で、どのように過ごしていたのですか」

雅は知りたい。芭蕉は旅に出てばかりで、江戸にいても別居していた。娘でも芭蕉の人となりをほとんど知らない。時折、気に掛けて訪ねに来てくれる門人から聴いてはいたが、旅先ではどのように過ごしていたか。

「師匠は三度、ここを訪ねてくれました。最後は連日の句会で体を壊してもおかしくはなかった」

去来にしても最後の上方滞在中は俳人としての芭蕉としか接していなかった。

「地位や名声に無頓着で、ただひたすら良い句を詠むことしか考えておられなかった。良い句を詠むためには俳諧の根本を学ばなければならない。然れど、時の移り変わりに合わせて新しきを追い求めなければ、詰まらない句になってしまう。そう仰せでした。正に寝ても覚めても俳諧のことばかりでした」

それは雅と風も頷ける。

風などは、

「だから母様に逃げられたのだ」

と、口に出していた。

雅と風の母親、寿は芭蕉が不在勝ちの間に甥の桃印と密通し、それが原因で別居に及んだとも言われている。

「これ、風」

雅が慌てて窘めた。

それについては去来も言葉を控えるが、

「数ならぬ身とな思いそ玉祭り」

と、句を口ずさむ。

「お二人のお母上が亡くなったことを師匠はこの落柿舎で知られました。その時に詠まれた句です。数ならぬ…取るに足らぬ身とは思ってはおられなかったということです。それから四月、今にして思えば、奥方の後を追い、死に急ぐような日々でした」

去来は率直に感じたままを口にした。

雅と颪は芭蕉と寿の仲は冷え切っていたと思っていただけに心の痞《つか》えが取れたような気がする。

「疲れたでしょう。師匠もお泊りになった部屋で幾日でもごゆるりされて下さい」

去来は芭蕉の娘たちに懇篤だった。

「では、お言葉に甘えて」

雅は好意を受ける。

雅と颪は落柿舎に留まった。

翌日の夜、雅と颪は大坂へ向かう。

一口に京から大坂と言っても十里ある。去来が二十石舟を手配してくれた。

父の芭蕉も死して遺骸を二十石舟に乗せられ、大坂から伏見へ遡っている。それを思うと、

「少し嫌な感じね」

雅は気にしたが、

「楽で速いから良いじゃない」

風は頓着しない。理に適えば、それで良かった。

伏見を夜に出て、淀川を下り、翌朝、大坂に着く。

雅と風が訪ねたのは過書町の難波橋の東北に建つ一軒の医家だった。

風が会いたかったのは蕉門の中でも女性の斯波園である。

園は三十九歳、綺麗に年を重ね、熟していた。雅とは違った大人の色気を醸し出している。

「父の生前、大変お世話になりました」

雅はまず謝意を告げた。

「私こそ師匠に目を掛けて頂き、有り難く存じています」

園は微笑み掛ける。

「父のため句会を開き、遇《もてな》して頂いたとも聞いています」

「句会は師匠の御蔭で格が上がり、私たちも大いに楽しめました。お礼を申すのは此方です」

「そう仰っしゃって頂き、父も本望でしょう」

「師匠の娘さんたちにお会いできるなんて、願ってもないことです。どうか今日は、この園にお二人を遇させて下さいませ」

園は雅と風に手厚い。が、

(この女、底の知れない目をしている)

風は本能で鋭敏に感じる。会いたいと言い出したのは斯波園という女俳諧師に不信感を抱いていたからだった。

「父様は園さんのお宅でお遇しを受けた後、具合が悪くなったそうですね。何か変わったところはなかったですか」

直截に切り出す。

芭蕉は上方で園の他にも門人から饗応を受けていたが、直前が怪しい。

園の顔色は一つも変わらなかった。

「ええ、句会も滞りなく、宴席でも美味しそうに召し上がっていらっしゃいましたよ。

次の日も畦止さんのお宅で句会をなさっていました。でも、お具合が悪くなったのは、その後からでしたね」

平然と応える。矛先を同じく上方の蕉門、長谷川畦止へ向けた。

園が何かした証拠はない。

「そうですか」

風はそれ以上、追及できなかったが、疑念は解けていない。

「本当に父がお世話になりました」

雅は不穏な空気を嗅ぎ取って、早々引き上げに掛かった。

「こちらこそ、師匠にはお世話になりました」

園も如才なく返す。

「舟は夜更けでしょう。夕餉など仕度させましょう」

と、懇《ねんご》ろに言うが、

（毒など盛られたら堪らない）

風は雅に目配せして退出を促した。

雅も察している。

「いえ、他に寄るところもありますので、これで失礼します」

風と共に腰を上げた。

園に見送られて雅と颪は斯波宅を後にする。

この後、芭蕉の最期の地、南御堂へ行き、花屋仁左衛門にも礼を言い、夜遅く二十石舟で淀川を遡る。

雅と颪が舟に乗り込もうとした時だった。

「乗るな」

闇に声を聞く。

雅と颪は辺りを見回したが、それらしき声の主は見当たらなかった。他の乗客は雅と颪を気にする素振りは見えない。

「行こう」

颪は雅を促して舟へ移ろうとした。

ところが、
また声がする。

「乗るな」

すると、

「止めよう」

雅が言い出す。

「どうして。こんな夜中に舟でもなけりゃ京へ帰れやしないよ」

風の言う通り、舟に乗らなければ、泊まる宿もなく、暗い夜道を京まで歩かなければならなかった。闇夜に女二人で長距離を歩くのは危険極まりない。

「歩く」

雅は風に構わず、歩き出し、舟から離れて行く。

「もう」

風は渋々舟を諦めて雅を追い掛けた。

ぶつぶつ言いながら歩を進める。

豊臣秀吉によって百年以上前に淀川左岸に堤が築かれていた。大坂と京を結ぶ街道が整備され、行き来しやすいようにはなっている。しかし、野盗や無頼を警戒し、身の縮まる思いだった。

四半刻（三十分）ほど歩いた頃である。

後方から人が駆け来る足音がした。足音は雅と風に近付き、止まる。

雅と風はどきりとして身構えた。

「雅さんと風さんですか」

声を掛けられる。

雅と颪はいよいよ心が騒いだ。

「京までお連れするよう言い遣っています」

と、告げられる。

暗がりで目を凝らして見れば、駕籠二挺と四人の舁き手が立っていた。

「ど、どうして」

颪は首を捻る。

(私たちを拐《かどわ》かそうとしているの)

疑って掛かるのも無理はなかった。

「先ほど御大尽がうちにいらして頼まれて行かれました。淀川の堤を歩いているはずだから追い掛けて京までお連れするように、と。お代はもう頂いています」

と、説き明かされる。

「誰?」

颪はそれが知りたかった。訳もわからず、駕籠に乗るのは心許ない。

「さあ、名乗られませんでした。けど、うちらにとってはお代さえ頂ければ、障りないので、その分、働かせて頂きます」

そう言われると颪は益々気になった。

「誰でもいいじゃない」

雅が珍しく無頓着だ。

「乗せて」

駕籠に乗り込んでしまう。

「姉さん」

風は気が気でなかった。

「楽じゃない」

雅は事もなげに言う。

風はこんな夜道を追い掛けて来るような駕籠が信じられて、多くの人々が乗る二十石舟が信じられない意味がわからなかった。

しかし、

「どうにでもなれ」

覚悟を決めて駕籠に乗る。

駕籠は風の懸念を余所に滞りなく京へ走った。搔き手の脚は速く、夜明け前に京へ着く。

落柿舎はまだ寝静まっていた。

雅と風は音を立てぬよう中へ入り、崩れるように倒れ込む。そして、もう寝息を立てていた。疲れ切り、重なるようにして泥のように眠る。

四

次に雅が目覚めると、もう陽が高くなっていた。風は熟睡している。

去来へ遅い朝の挨拶をしに行くと、

「随分遅くに帰られたのですね。お疲れでしょう。まだ、お休みになっていたらよい」

そう言ってくれた。

「駕籠で帰って来たのです」

「そうですか。それは良かった。気にしていました」

去来の言葉に雅は、

「お気遣い頂き恐れ入ります」

老爺の取り越し苦労と解釈したが、

「先ほど、昨日の夜半、江口で二十石舟が沈んだと知らせが入りました。舟底に穴が開いていたようで溺れ死んだ方もいたそうです。お二人が乗られていなくて良かった」

それを聴き、

(舟に乗っていたら…)

背筋が寒くなる。

そこへ風が起きてきた。

まだ眠そうに欠伸をしていた。

(生きて今ここにいるから呑気にしていられるけど…)

そう思い、日々、気を付けて生きるよう心する。


雅と風は落柿舎でもう一泊し、江戸への帰り仕度をしていた。

「ねえ、奥の細道を出してくれた井筒屋さんには挨拶しなくていいの？　ずっと埋もれていた奥の細道を世に出してくれたんでしょう。私たちに分け前もくれた」

風が言い出す。

「えっ」

雅は意外だった。

「あんたにしては殊勝なこと言うじゃない」

揶揄する。

「私だって恩義は知っている」

風がしおらしく言うと、

「井筒屋さんだって儲かったんだから持ちつ持たれつよ」

雅の方が珍しく冷めていた。

帰り仕度を終え、夕餉を取り、休む。

そして、翌朝、京を発ち、江戸への帰途につくはずだった。

「うう」

風が起き上がれない。

「どうしたの？」

雅が心配そうに訊く。

「い、痛い」

風は苦しそうに応えた。

「どこが？」

「お腹」

「お腹…私と同じものを食べているからあたったわけではないわね」

「つ、月の物よ」

「えっ、月の物って、あんた、いつもそんなに重くなかったじゃない」

「どうしてか…わからないけど…昨日、月の物が来てから…お腹が痛く…なった」

風は苦しそうに言う。

「疲れが溜まると酷くなる人もいるわ。長旅だからね。それに寒くなってきたしね」

「うう」

「仰向けになりなさい」

雅は命じるように告げた。

風は文句を言う気力もなく、素直に仰向けになる。

雅は風の帯を解き、下腹部を晒した。

血を吸う御簾紙を浸透して下帯まで赤く染まっている。

雅はまず下帯と御簾紙を替えた。

そして、風の臍から指二本下、さらに指二本下の壺を右手親指で圧す。次に膝の内側、皿の上、指二本半上、手の親指と人差指の交わるところよりやや人差指寄りの窪みを突く。

風の顔から苦悶の皺が少し減っていった。痛みに堪え、施術を受けながら、

（姉さん、こんな術、身に着けていたのか）

感心する。

風の腹の痛みは緩和されたが、

「今日、発つのは無理ね。寝てなさい。去来さんに、お願いしてくるわ」

雅はこの日の旅立ちを諦めた。

そして、去来の部屋へ行き、

「風の月の物が重くて、もう暫く泊めて頂けませんか」

と、願えば、

「どうぞ、どうぞ。喜んで」

懇篤に受け入れてくれる。

その上、

「上の娘、登美はまだ月の物が来ていませんが、いつ来ても楽になるよう、摂津から芍《しゃく》薬《やく》を取り寄せていました。風さんに飲ませて上げて下さい」

とまで言って、芍薬の根を分けてくれた。

芍薬は代表的な漢方の生薬であり、日本では摂津が産地である。

「有り難うございます」

雅は去来の親切に感謝して止まなかった。

芍薬を煎じて風に飲ませると、状態は頗《すこぶ》る良くなる。

翌日はまだ様子を見るが、そのまた翌日には風も月経痛が落ち着いた。

「明日、発ちます」

雅は去来に告げる。

「何日でもいて頂いて良いのですよ」

去来は言ってくれるが、いつまでも旅をしてはいられない。

「ありがとうございます。でも、本屋の仕事がありますので」

雅は感謝し、辞去した。

紅く美しく彩られた嵯峨野の山野に後ろ髪引かれつつ姉妹は江戸への帰路に着く。

第二章　江戸の風雅

一

雅と風が江戸に帰って来ると、池に薄く氷が張っていた。もう十一月である。日が短い。

元禄は町人の文化が花開いた時代でもある。巷では市川團十郎の演じる歌舞伎、源義経と武蔵坊弁慶の苦難を描いた星合十二段、勧進帳が大受けしていた。

俳諧は自由奇抜で軽妙な趣が町人に受け、芭蕉という異才を得て全盛を迎えている。そして、何より町人を夢中にさせたのは仮名草子だった。

文芸とは言い難いが、現世の人々の暮らし振りを扱い、色里や町人の愛憎を題材とする好色物や金銭に執着する町人物、武家物など多岐に渡り、読みやすく、教訓めいたところがあるものの素直に楽しめて、親しまれている。

風は厭世的だが、日々持て余しているという訳でもない。本を読むのが好きで、貪るように古今東西の作品を読み漁った。

その所為で眼を悪くしてしまったが、近視にも滅入らず、毎日、書と向き合っている。上方へ旅している間は毎日、歩き疲れて書見する余裕がなかった。

帰って直ぐ、曾良の旅日記に目を通す。

風は曾良に貰った硝子の輪を眼に掛けてみた。

「み、見える。良く見える」

眼鏡である。

曾良に感謝し、日記を読む。

良く見える目で読むにつれ、

「違う」

芭蕉の奥の細道と違いが多いことに気付いた。

旅立ちを芭蕉が三月二十七日としているところ、曾良が三月二十日としているのは、曾良が先行したとすれば、得心もできる。

「父様は平泉の中尊寺の経堂で藤原三代の像を見たと書いているけど、曾良さんは扉が閉まっていて見られなかったと言っている。所々で道連れではなかったの」

そう思わせた。

「一刻しかいなかったの」

曾良の日記によれば、芭蕉が平泉に立ち寄ったのは僅かに一刻（二時間）ばかりとなっている。

「それで、夏草や兵どもが夢の跡、なんて詠めたわね」

余裕があり、心が落ち着いていなければ、発想できないと、颪は思った。

「すべきことをすれば、颯々と行き過ぎるつもりだったか」

そう深読みもする。

「仙臺藩か」

颪はそこに着眼した。

「陸奥守の行状は公儀も知るところだ」

仙臺藩は寛文十一（一六七一）年に騒動を起こしている。藩主綱村を擁して実権を握る原田甲斐宗輔と伊達安芸宗重の権力争いが藩を二つに割り、幕府も介入した騒動であった。

騒動は落着したが、綱村の強権は収まらず、恣に振る舞っている。

「初代（政宗）は権現（家康）様に順ったが、それまでは天下を望んでいた」

風はそのことも気に掛かった。

「仙臺藩は公儀に目を着けられている」

曾良は芭蕉の門下だが、その他のことは知られていない。

「隠密として藩内の様子を窺い、怪しまれる前に行き過ぎたか」

風の想像は飛躍した。

ともあれ、

「ただ俳諧を求道する旅ではなかったのかも知れない」

と、思われる。

しかし、飽くまで風の仮説に過ぎなかった。

風が奥の細道と曾良旅日記に疑問を抱いたまま元禄十五年は暮れていく。

その十二月、幕府を震撼させる事件が起きる。

幕府の裁定を不服とし浅野内匠頭長矩の遺臣、四十七人の赤穂浪士が吉良邸へ討ち入りした。

発端は前年元禄十四年三月に遡る。

長矩は高家、吉良上野介義央との悶着により京より下向していた勅使接待の最中、刃傷沙汰を起こし切腹させられた。が、義央には一切咎めなく、一方的な裁定に長矩の遺臣は義憤し雪辱の機会を雌伏して待ち続ける。

果たして元禄十五年十二月十五日、赤穂浪士四十七士は吉良邸へ討ち入り、仇の義央の首級を取り、本懐を遂げた。

世を揺るがす騒動を起こした科で翌十六年二月に赤穂浪士は切腹を命じられるが、天下に意地を示し、幕府の面目を失わせる。

江戸開幕百年の年である。

(徳川の世も安穏としていられない)

風は今後を憂えた。

(鎌倉開幕以来、武家の世になって四百年余りか)

徳川に続く足利、源の系譜に興味を持つ。

(徳川が源氏というのは権威付けに捏造《でっちあげ》したらしいけどね)

何につけても斜に構えているが、武家の系譜に興味があるのは確かだった。

既に読み通していた吾妻鏡を思い起こす。

吾妻鏡は治承四(一一八〇)年から文永三(一二六六)年、鎌倉幕府初代将軍源頼朝

から六代宗尊親王までの事績を五十二巻にわたり纏めた史書である。

「随分、源氏に厳しいな」

風の率直な感想であった。

「御上（幕府）が北条に仕切られるようになってから書かれたか」

実のところを見抜く。

その通り、吾妻鏡は北条が源氏から政権を横取りして執権となった後で認められた史書である。北条得宗家の偉業ばかりが取り上げられていた。

「特に三代目が偉そうだ。三代目の時に書かせたか」

三代目とは貞永式目の制定など北条得宗体制を磐石にした泰時である。

「とにかく、最も古い武家の仕置きを綴った書であることは確かだね」

風はそれなりに評価していた。

風は奥の細道を繙く。そして、曾良旅日記をまた読んだ。

読み終えて、眉間に皺を寄せる。渋面を作り考え、首を捻った。

吾妻鏡を読み返す。

巻の九まで進んだ。

「武蔵から下総、下野…白河を抜けて陸奥磐城、そして、平泉」

奥の細道と曾良旅日記に似た道程である。

「平泉」

その件である。

「夏草や兵どもが夢の跡、か」

初めて奥の細道を読んだ時、気に入った句の一つだった。口ずさみ、ふと考える。

「夢」

その一字が心に引っ掛かっていた。

前々から気にしている、

「旅に病んで夢は枯野をかけ廻る」

芭蕉が死ぬ前に詠んだ句である。

「枯野」

風の心はそこで留まっていた。

芭蕉は何故、老体に鞭打って上方へ旅したか。

(旅するにつれ体が衰えていった)

そして、

(お弟子の不仲を取り持つためって、それだけで…)

芭蕉の死に疑問を抱く。

(殺された)

とすれば、

(どうして?)

芭蕉の句に隠されているかも知れない。

「奥の細道では五月十三日、一年で最も日が長い時で草木も生い茂る頃だから夏草。亡くなった十月は陽射しも弱まって冷え込みが厳しくなり、木々の葉が落ちる頃だから枯野か」

風は読み込んだ。

「父様は最期に何故、夢を詠んだのだろうか」

と、思い込む。

さらに考えるにつけ、

「古の奥州藤原と言えば、黄金で知られる。その黄金…夢の跡はどうなった」

気になった。

それが父芭蕉の死に関わっているとは思ってもみなかったが、

「行ってみよう」

と、思い立つ。

「父が逝って八年、その道を辿ってみたい」

路銀は奥の細道が増版して売れる度に入る報酬で賄えると見込んでいた。

雅に図ると、

「奥州？　父様の道程を辿るって」

眉を顰める。

「うん。父様の言う夢がどうなったか、確かめたい」

風にしては珍しく積極的だった。知らないことを知ることには貪欲である。

「夢ねえ」

雅は今一つ要領を得なかった。

しかし、

「私も行くわ」

雅も娘にして知らない父親の見て来た世界に足を踏み入れてみたい。

雅と風は父、芭蕉と同じように未だ知らぬ風物の見聞を求めて旅に出る。

二

雅と風は奥州道中を決めた。が、冬場に奥州の旅は厳しい。

芭蕉が奥州を旅したのは三月からだった。それに合わせるつもりか。

いや、年を越し、元禄十六年の春が立ち、三月になっても江戸を出なかった。

「枯野の奥州が見たい」

風は芭蕉の最後の句に拘り、秋を待とうと決める。


四月、将軍綱吉が生母桂昌院のために富岡八幡宮の別当永代寺境内で成田山新勝寺の不動明王の出開帳を行う。連日、参詣の人が引きも切らず、大いに賑わった。その上、市川團十郎が森田座で成田山分身不動を演じ、開帳の評判を煽る。開帳は四月二十七日から六月二十七日まで二ヶ月に渡り、深川は多くの人出で混み合っていた。

團十郎贔屓の雅も見逃さない。流行には直ぐ乗る性質《たち》だった。誰と見に行ったのか、風も知らない。

夕方になり、

「楽しかった」

と、言って、帰って来た。少々酒の匂いがする。江戸っ子は昼間から酒を飲む。

風が眉を顰めていると、

「これ買って来たわ。私は食べて来たから、あんた食べなさい。本ばかり読んで、何も食べていないんでしょ」

そう言って雅が差し出したのは鰻の蒲穂焼きだった。

深川でも鰻が獲れる。醬油を掛けながら丸焼きにし、ぶつ切りにして串に刺していた。

料理茶屋では二百文もするところ屋台で買えば、十六文とかなり安い。

本来、鰻の旬は冬に備えて身に滋養をつける秋から冬であり、夏物は味が落ちる。それでも江戸前の鰻は夏場でも人気があった。

但し、

「う、鰻は御禁制じゃない」

風は目を丸くして畏まる。

生類憐み令の一環として元禄十三年に鰻と泥鰌《どじょう》の売買は禁じられていた。鰻を食べているところを公儀の筋に見付かれば、ただでは済まない。

ところが、

「まあね」

雅は平然としている。

風は眉を顰めるが、

「確かに、お腹が空いた」

書見に夢中で、空腹に漸く気付いた。

どの道、鰻の丸焼きを家に持ち込んでいることだけでも罰せられる。

「なるようにしかならないわね」

風は腹を決めて鰻を口に運んだ。

雅は鰻に食い付いている風を見ながら、

「あんたも見て来れば良いのに」

と、言う。

風は貪るように忽ち鰻を平らげ、

「私はいいよ」

と、応えた。出開帳にも芝居にも興味はない。

本があれば良かった。

菜種油の搾取技術の進歩によって町人でも灯油が手に入りやすくなっている。夜でも書見ができるようになった。

雅が釜で茶を煎じてくれた。近頃、夕餉の後に釜で茶を煎じて喫むことが町人に好まれている。

風も茶を喫みながら書見することが何より楽しい。

今は年初に出版されたばかりの都の錦の風流源氏物語を読んでいた。

読み終えて、

「何これ」

風は眉間に皺を寄せる。

次いで同じく都の錦の作で前の年に売れた元禄大平記も読んでみた。

「流行を追い過ぎ。学があることをひけらかして喧しい。西鶴の真似をしているかと思えば、その時々の出来事を話にしているけど、薄くて文も散漫だわ」

ずばっと切り捨てる。

風に掛かれば、時の流行の書き手も形なしだった。

駄作と言えば、ふと、

「あの好色本書きが父様の跡を辿ったたって言ってたわ」

桃隣のことを思い出す。

作風に品がないので、眼中になかったが、奥州道中を旅するとなれば、

「読んでみても良いかな」

と、思い立った。

夕暮れとなり、雅が戻ると、

「神田の色物書きが奥州道中を綴った本があったよね」

訊いてみる。

雅は眉を顰め、

「神田の色物書き?」

首を傾げ、

「桃隣さんのこと」

と、思い至った。

風は名など、どうでも良く、

「奥州道中の本よ」

それが知りたい。

「あったわね。そんなの」

雅も思い出した。

「何て言ったかしらね」

書名までは憶えていない。

「奥州へ行く前に読みたい」

颪はせがむ。

雅は本を売り込むだけでなく、仕入れも担っていた。

「何て本かわからないとね。桃隣さんが奥州を旅したのは確か…父様が亡くなった翌年だったわ。本が出たのは、その後…てことは、もう何年も前よ。まだ、どこかにあるかしら」

「杉風さんなら知っているかも知れないわ。訊いてみてよ」

「そうね」

雅は仕方なく引き受ける。

翌日、雅は杉風を訪ねた。

「桃隣さんが奥州を旅して書いた本、何て言いましたっけ」

それを訊く。

やはり、

「陸奥鵆《むつちどり》ですね」

杉風は知っていた。

「四年前だったかな。師匠の忌日に出しましたね。確か五巻物だったかと。風さんが桃隣の本は品がないって言って仕入れませんでした」

「えっ！　あの娘、自ら切り捨てたくせに、私に探せって言うの」

雅は呆れる。それでも、

「どちらかにありませんかね」

訊いてみた。

「今さら何故、陸奥鵆を求められるのですか？」

「私たちも父様の足跡を辿ることにしたのです。それで桃隣さんの本が足しになるかと」

「そういうことですか」

「ええ。心当たりはありませんか」

「江戸に本屋はまだ何軒もありませんからね。当たってみますが、置いてあるか……」

「お願いします」

「承りました」

杉風はとりあえず引き受けてくれたが……

五日後——

「どの店も置いていませんでした」

やはり見付からなかった。

「そうですか」

雅はあっさりしている。品薄で江戸には本屋も少ないと言われていたので、期待はしていなかった。

「桃隣本人なら持っているのではないですか」

と、杉風は当たり前のことを言う。

「えっ」

雅は妙に反応する。

「そ、そうですね」

気のなさそうな返事をした。

桃隣は雅に対して良からぬ思いを抱いている。会いたくない。

杉風は察し、

「私が訊いてみましょうか」

と、言ってくれたが、

「そこまでして頂いては申し訳ございません」

雅はこれ以上、面倒を掛けられないと思った。

「大丈夫ですか」

杉風は尚も心配してくれたが、

「ええ、何とか」

雅は浮かない顔で頷く。


雅は家に帰ると、風は俯せで本を読んでいた。

「あんた、あんたが要らないって言って仕入れなかった本を私に探せって言うの」

文句を言う。

どこ吹く風は視線を本から雅に移し、

「なかったの」

平然と返す。

「ええ、杉風さんがあちこち訊いてくれたけど、なかったわ」

「太白堂（桃隣）にあるんじゃない」

「じゃあ、あんたが行って頼みなさいよ」

「あの男、嫌いなんだよね」

「私だって嫌よ」

「そうだよね。じゃあ、いいや。どうせ碌な本じゃない」

三

五月も半ばを過ぎ、天に高々と昇る陽の光が燦々と照り付ける。

朝から蒸し暑く、汗ばむ陽気の中、雅は浮かない顔で出掛けて行った。

行き先は神田である。

風は、もういらない、と言ったが、雅は妹のために一肌脱ぐ気になった。

桃隣の家を訪ねる。

玄関先で、

「おや、雅さんじゃないですか。私に会いに来てくれるとは嬉しいですな。どうぞ中へ」

桃隣は好色そうな笑みを浮かべて迎えた。

雅もこの従兄が嫌いだ。邪念が表にまで滲み出ている。

「ここで結構です。桃隣さんに会いに来たのではないわ。陸奥衞って本を貸して欲しいの」

「ほお、陸奥衞ですか。私の本に興味を持って頂き、嬉しいです」

「私じゃなくて風よ」

「風さん？」

桃隣は首を傾げ、

「風さんは私の本など見向きもしないと思っていました」

嫌味っぽく言う。

「私たちも陸奥へ行くの。その足しにするためよ」

「ほお、陸奥へ。娘さん二人で大丈夫ですか」

「去年、上方へ旅したわ」

「そうですか」

「ねえ、本、貸してくれるのですか」

「ただでは貸せません」

「借り賃は払います」

「いや、借り賃は要りません」

「では、何？」

「雅さんの艶姿を描かせて下さい」

「えっ」

雅は驚愕した。そのような話を持ち掛けられるような気はしていたが、実際に言い出されると面喰らう。

「どうですか」

桃隣は押す。

「い、嫌よ」

雅は怖気が走るほどに嫌悪したが、

「本はよいのですか」

桃隣はいよいよ迫ってきた。

「うう」

雅が困惑していると、

「要らないよ」

後ろから声が掛かる。

雅が振り向くと、風と杉風が立っていた。

「どうせ碌な本じゃない。そんなものに姉さんが体を張ることないわ」

風が啖呵を切り、

「桃隣さん、度を越しているぞ」

杉風が窘める。

野放図な桃隣だが、東三十三国の俳諧奉行と芭蕉に評された杉風には一目置いていた。

「戯れですよ」

言い訳して、

「お貸ししますよ。今、持って来ます」

奥へ入る。

暫くして五冊の本を抱えて出て来た。

「どうぞ」

と、雅の前に置く。

そして、

「お代は要りません。身内から頂けません」

殊勝なことを言う。

(身内?)

風は同族と思いたくない。

「借りは作りたくない。五冊だから十分《ぶ》でいいよね」

銭を置き、大布を取り出して本を包んだ。

「では。姉さん、帰るよ」

啞然としている雅を促して太白堂を出る。

その後姿を桃隣は苦々しく見ていた。

雅、風、杉風は帰り行く。

「どうして私が桃隣さんを訪ねるとわかったの」

と、雅が訊いた。

「勘よ」

風はさらりと言う。

「それだけ」

「そうよ」

雅が要領を得ない顔をしていると、

「御二人は、顔は似ていないが、双子ですからね。心が通じているのでしょう」

杉風は思うところを述べた。

当たらずとも遠からずであり、雅と風も納得する。双子には思う節があるのだ。

風は陸奥傷を読んで、

「奥州道中は巻五だけじゃない」

眉間に皺を寄せる。

巻一は江戸の俳人を主とした連句や芭蕉の四季発句百句、諸家の春の発句を記し、巻二は桃隣旅行中の連句や諸家の夏の発句、芭蕉をはじめ江戸俳人の絵姿等をまとめ、巻三は桃隣たちの連句、諸家の秋発句などを著し、巻四は芭蕉三回忌追善連句および諸家の冬発句を収録していた。

巻五で芭蕉の奥の細道を辿る。

何国まで華に呼出す昼狐

この句を詠み桃隣は江戸を旅立った。

「華…昼狐？」

颪はその言葉が気になる。

「華に呼び出される？　華はお宝？　お宝に呼ばれるってこと？」

そう読み解き、

「昼狐は落ち着かないということ。お宝の在り処がわかって落ち着かなく、旅立ったってこと」

颪の推理は飛躍した。

この後、桃隣は芭蕉と同じように宇都宮から日光、中禅寺湖、黒髪山、今市、那須、白河、小名浜、二本松、斎川、白石、岩沼から仙臺に入っている。

そして、塩竃、松島へ渡り、

　麦喰いて嶋々見つつ富の山

と、詠んだ。

「富山って山はあるけど、何故、富の山とした。富の眠る山ってこと？」

風は益々勘繰る。

桃隣は石巻の繁栄を見聞し、平泉へ向かった。

その平泉で詠んだ句は、

金堂や泥にも朽ちず蓮の花

「朽ちない…花」

風は桃隣が江戸を出立する際に詠んだ句を連想する。

「父さんの追善に奥の細道を辿ったと殊勝なことを言っているけど、お宝が目当てだったんじゃないかな」

と、桃隣の本意を穿つ。

「やはり信じ難い」

四

風は自ら桃隣の家へ本を返しに行く。

（あいつは姉さんに邪心を抱いているから行かせるわけにはいかない）

それもそうだが、

（お宝のことを問い詰めてやる）

関心はそこだった。

神田の家を訪ねる。

しかし、出て来たのは、

「猪兵衛さん」

であった。

「何で猪兵衛さんがここにいるの」

風は訳がわからない。

「勘兵衛に留守を頼まれたのだ」

と、猪兵衛はただ応えた。勘兵衛とは桃隣の本名である。

「留守って、桃隣さん、どこかへ行ったの？」

「どこへ行ったかはわからないけど、二月ほど家を空けると言っていた。それで駄賃に一両も出されたら引き受けるさ」

「二月か」

風は肩透かしを食らわされた感じがした。

(私に奥州行きの本意を問い詰められると覚って逃げたか)

そうとも思える。

「これ返しに来たの」

風は陸奥衜を差し出した。

「そうかい。預かるよ」

猪兵衛は受け取る。

風は神田を後にした。


七月になり暑さも盛りを過ぎようとしている。

しかし、奥州が枯野となるのはまだ二ヶ月も先のことだった。

團十郎が三升屋兵庫の筆名で小栗十二段を著し、森田座で自ら演じている。

芝居好きで團十郎贔屓の雅が見逃すはずなかった。

「風も行こうよ」

誘うが、風にその気はない。

「正本屋五兵衛さんの小栗判官を読んだわ」

筋を知っているから観ても面白くないと言う。

「そんなこと言わないで、偶《たま》には一緒に観に行こうよ」

「嫌だよ。外、暑いから」

「ところてん、買って上げるから」

「えっ、ところてん」

風の目が輝いた。

冷えた心太は暑気払いに持って来いである。

一椀一文ほどの安い食べ物だが、風は釣られた。

「芝居見物だもの。着飾らなくちゃね」

雅は浮き立つが、

「いいよ、このままで」

風は面倒臭がる。

「駄目よ。これに着替えなさい」

雅は新しい着物を押し付けた。

「あんたはまた柿色の冴えない小袖着るからね」

雅に諭され、颯は渋々着替える。

雅は桃色、颯は水色、花柄の薄地の単衣に袖を通した。

颯も着飾れば、中々の娘振りである。

「ほら、あんた、私の妹なのだから地は良いのよ」

雅は見立てに満足するが、

「何か窮屈だな」

颯は閉口するばかりだった。

「さあ、行くわよ」

雅は颯の心持ちなど意に介さず、促して出掛けて行く。

深川から木挽町（現、銀座）へは一里余り、ゆっくり歩いても一刻ほどで辿り着いた。

永代橋を渡って八丁堀へ、町名は堀の長さが八町（約八百七十米）もある所以だが、水路が巡らされている。西へ進み、青物市場で南へ、四度目の橋を渡れば、木挽町だった。森田座は六丁目に建つ。

颯は茶屋で心太を食べて機嫌良く、雅と芝居見物に興じる。

團十郎の小栗十二段は秀逸だった。豪快に立ち回り超人的な人物を演じ切る荒事芸の極みに嫌々ながら観に来た颯も魅了される。

「良かったでしょう」

雅が訊くと、風は素直に頷いた。

帰る段になって雅が、

「楽屋に寄って行きましょう」

と、言い出す。

「えっ、役者さん知っているの」

「まあね」

雅は構わず風の手を引き、楽屋へ入って行った。

四十路過ぎか、精悍な顔付きの役者が童たちに囲まれ、

「お父っつぁんとおっ母さんの言うこと良く聞くんだぞ。でないと、菓子、遣らねえぞ」

染み入るような笑顔で菓子を配っている。

「相変わらず童好きだね」

雅は親しげに声を掛けた。

「えっ、知り合い？」

風は目を白黒させる。

化粧を落としているので、わからなかったが、

「だ、團十郎さん？」

風は漸く気付いた。当代きっての名役者が目の前にいる。

「何で、何で」

頭の中が混乱していた。

「飲み仲間なのよ」

雅は何気なく言うが、誤魔化しているようでもある。團十郎の方を向き、

「小栗十二段、良かったわよ」

褒め称えた。

「当たり前よ。誰が演じていると思ってんだ」

團十郎は軽妙に返す。

雅とは馬が合うようだ。

その遣り取りを風は啞然と見ていた。

男振りは良い。が、意外に小柄だった。演技の迫力が團十郎を大きく見せていたらしい。

暫し談笑した後、雅は、

「奥州へ行って来ます」

と、告げた。

「そうかい」

團十郎はさらりと返す。

「帰ったらまた来るわね」

雅は言って、楽屋を出て行く。

「気を付けてな」

その團十郎の言葉には何となく案じる心が籠もっていた。

風もぺこりと頭を下げて雅の後を追う。

森田座から出ようとした時である。

「偶には私とも酒、付き合って下さいよ」

狐顔の男前が声を掛けてきた。

雅は一瞥し、露骨に眉を顰めて無視する。

狐顔は詰め寄り、雅の右手首を掴んだ。

「放して」

雅は怒気を放つ。

「つれないな」

狐顔は嫌らしく笑う。

雅は振り解こうとするが、狐顔は放さない。

颪が狐顔の右手を摑んで捻った。

狐顔は雅を手放したが、摑まれた手を捻り返して切り抜ける。

颪と狐顔は睨み合う。

雅が、

「行こう」

と、言って、颪の手を引く。

去り行く雅と颪を狐顔は目で追い、

「また会いましょう」

執念深そうに言い遣った。

颪は歩きながら、

「何者?」

それを訊く。

「半六。山村座の生島新五郎さんの弟子で市村座の頭取よ」

雅は応えた。

「へえ、頭取なら偉いじゃない」

「女癖が悪くてね。実の叔母さんにまで手を出す始末で、見兼ねた團十郎さんが引き離したのよ。その叔母さん、お塚さんは團十郎さんが一旦、引き取り、持参金を付けて三味線弾きの権次郎という男へ嫁に遣ったわ」

「ふう〜ん。そんな迷惑な男を何で團十郎さんは放逐しないの」

「実事《じつごと》と丹前《たんぜん》が巧いのは確かよ。團十郎さんも認めているわ。團十郎さんは才のある人は見放さない。そういう男よ」

「團十郎さんは人ができているね」

「そう。あんた、私に何かあったら、團十郎さんを頼りなさい」

「って、姉さん、いなくなっちゃうようなこと言わないでよ」

「もしもの時のことよ」

雅はそう言うが、風は、

(やはり姉さんは危ういことに関わっているのではないかしら)

そんな気がしてならない。

風が初めて歌舞伎を見物した夏が終わり行く。

第三章　夏草は枯野

一

夏も過ぎ、季節は移り行く。秋口まで長いようだったが、瞬く間に時は過ぎていった。
秋も深まり、野には薄の穂が涼風に揺れ、肌寒さを感じる。
九月二十七日、深川の朝は清々しかった。
雅と風は奥州に向けて旅立つ。
奥の細道とは丁度、半年違う。
「夏草が枯野になっている頃だね」
風は芭蕉と同じ場所に立ちながら違う風景を見ることが待ち遠しかった。
奥の細道は六百里（二千四百粁）もの長旅である。
難儀この上もないが、自ら言い出したことでもあり、去年の上方へ旅して自信が付いていた。

意気揚々、出発して暫し千住までは快調に歩を進める。

芭蕉は初日、粕壁（春日部）まで及んでいた。その距離は十里（四十粁）に近い。一日で十里の道程は上方への道中で箱根へ入る時に経験しているが、やはり辛いことには変わりない。

千住から草加の松並木を眺めつつ越谷を経て粕壁へ、何とか初日の行程を熟すが、雅も颯もへとへとである。宿に着くと、もう動けず、夕餉も取らずに寝てしまった。

二十八日は粕壁から間々田へ。

途中、早馬が慌しく颯と雅を追い越して行った。

利根川を房川渡し舟で渡って、栗橋宿から中田宿に入る。日光道中の松並木が始まり、中田の松原と呼ばれ、古河宿まで一里も続いていた。

二十九日は室の八島へ。鹿沼で泊まる。十二里を歩き、三日連続の長距離移動に、

「無理だ」

颯は音を上げた。

「そうね。父様と同じように歩かなくても良いんじゃない」

雅も挫折する。

四日目は七里ほど歩いて日光で草鞋を脱いだ。

雅は日光名物の湯波《ゆば》に舌鼓を打つ。

「湯葉は九百年前に伝教大師（最澄）が唐から持ち帰ったと言われているのよ。精進に努める修験者にとって湯葉は肉に代わる滋養のある食材として好まれたの。修験者を介して京から大和へ、さらには身延、この日光まで伝わったの。京では湯の葉で湯葉だけど、日光では湯に波と書くのよ。本来、湯葉は膜の端に串を入れて引き上げるため一枚なのに対し、日光の湯波は膜の中央に串を入れて二つ折りにするように引き上げるため二枚重ねとなるから量があるわね。また、大豆を一晩、日光山の霊水とよばれる清らかな水に浸すので、一層旨味を引き立たせてくれている。霊水は美味しい蕎麦を作るのにも向いているわ」

颪は書で得た知識を講釈するが、雅は食べるのに夢中で聞いていない。

日光から玉生を経て黒羽へ。

黒羽藩家老の浄法寺高勝も桃雪と号する芭蕉の弟子だった。

「御父上のことを聴きたい。何日でも滞在して下さい」

と、本心から言ってくれる。

芭蕉は黒羽で十四日も滞在していた。

名峰八溝山や清流那珂川が織り成す風光を芭蕉はこよなく愛し、高勝たちとの談話も楽しく、ついつい長居をしたようだ。

高勝は雅と風から芭蕉の話だけでなく、江戸の様子も聴きたがった。

厄介になるのだから雅と風も高勝の話し相手になるのは吝かではない。

だが、

（先々の道中を刻みたい）

それが優先された。

芭蕉と同じ行程をなぞり一日で十里余も歩くのは願い下げである。

「ご親切、有り難うございます。父の愛した山河をいつまでも見ていたいのは山々なれど、奥州が雪深くなる前に折り返したいので、明日か明後日には発ちたいと思います」

雅は本音を覚られぬよう愛想を絶やさず断わった。

長居を避けた黒羽だが、その日の夕餉は食通の雅も唸らせる。

天下屈指の清流、那珂川は鮎の成育に最適だった。

鮎と言えば、香魚と呼ばれる初夏が旬だが、晩秋の産卵期に川を下って来た落ち鮎もまた格別である。

焼いた宮葱は香り良く、甘くとろりとした食感が堪らない。毎年、江戸へ歳暮として贈られる理由も頷けた。

（父様が居着く訳だ）

雅も納得する。

しかし、雪深くなる前に旅を終えなければならず、黒羽で時を費やすことはできなかった。

翌日、一日だけ浄法寺家に留まって体を労わり、次の日には黒羽を後にする。

下野の旅が続く。

那須は湧き湯が多い。

古くから親しまれている鹿の湯、板室、三斗小屋に加え、元禄四（一六九一）年に大丸、九（一六九六）年に岐多（北）の湯が発見されている。

芭蕉は奥州への道中、態々《わざわざ》回って滞在した。湯好きの雅も寄りたかったが、

「回り道になるからね」

後ろ髪引かれながら通り過ぎた。

風は平泉の夢の跡の他、どうでも良い。目的地に向かって歩み続けるだけだった。

「あんたが奥州へ旅するって言い出したんだから、少しは楽しみなさいよ」

雅は言い立てるが、凧は聴いていない。

それよりも、

(誰かに見られている)

そんな気がしてならなかった。

確証はない。雅に無用の不安を与えても良くないので、胸に収め、警戒は怠らなかった。

白河の関を通り抜ければ、奥州である。

雅と凧は奥州に足を踏み入れた。

芭蕉は須賀川でも七日滞在したが、雅と凧はやはり一泊しかしない。

雅の目当ては飯坂だった。奥州きっての湧き湯がある。

道程の都合で那須の湯へは行けなかったので、飯坂は、

「必ず寄りたい」

湧き湯好きの雅にとって欠かせなかった。

ここまで江戸から七十里、十日も毎日、歩き続けて脚もかなり張っている。飯坂の湯

は筋肉を解す効能があった。

飯坂は外湯があちこちに点在している。

宿を取って自由に入るのだが、男女入り込み湯が当たり前だった。つまり混浴だが、男女で間違いが起きることはまずない。他人の裸を見て見ぬ振りするのが節度であった。

雅と凪は芭蕉も浸かった鯖湖湯に入る。幸い他に湯治客はいず、姉妹水入らずでゆっくり疲れを癒すことができた。

一糸纏わぬ無防備な状態で襲われたら対応に困るが、邪な気配はない。

（気の所為だったか）

とも凪は思ったが、

（いや、気に掛けて損はない）

警戒し続けた。

二

目的の平泉までは後四十里、日中の陽射しは柔らかいが、朝夕の冷え込みは厳しくなりつつあり冬は近い。山地では雪になっているようだ。

木々の葉は落ち、平泉も枯野になっているに違いない。風の望むとおりになっていた。

白石から岩沼へ、江戸を離れて十五日目、雅と颯は仙臺に至る。

一ヶ月以上掛かった芭蕉の道中に比べると遥かに速いが、ほとんど連泊していないので、当たり前ではあった。

仙臺の城下に入って、まず、

「人が多いわね。江戸ほどじゃないけど、奥州にもこんな賑やかな町があるとはね」

颯の見た通り仙臺に暮らす人々は六万人を超えている。

「それにしても建物は随分、豪奢なことだ」

颯は辟易と言い腐す。

「初代の殿様は随分と派手好みだったらしいわ。当代の殿様も贅沢三昧のようよ」

雅が言うのは仙臺藩初代、政宗と四代、綱村のことだった。

「それにしても樹の多い町ね」

青葉山を始めとする丘陵、そして、広瀬川に沿って樹木が正に林立していた。

「なるほど」

颯は伊達家の意図を推し量れた。

「栗に梅、柿ねえ」

果樹が多い。

「飢饉に遭うても餓えぬよう備えるか」

風の読みは間違っていない。それこそ伊達家の目論みであった。

果樹も然ることながら仙臺は海の幸に恵まれている。

仙臺では海鼠《なまこ》と海鞘《ほや》を食す。

海鼠は形が奇怪で雅と凪は口に入れるのを躊躇った。

しかし、漁が始まったばかりの初物の海鼠は、

「美味しい」

雅に舌鼓を打たせる。

風も満更ではなさそうな顔で口に運んでいた。

さて、海鞘はどうか。

初代仙臺藩主、伊達政宗が海鞘をこよなく愛し、年中、食べていたと知られている。

それほどの珍味かと姉妹は期待していたのだが、

「それほど美味しくはないわね」

雅を興醒めさせた。

「伊達の殿様の好物で、正月に欠かさず膳に載るって聞いたから、さぞや美味しいと思ったのに」

当てが外れて悄気《しょげ》る。

「海鞘の旬は四月から七月（現代では五月から八月）の夏場よ」

風は書物から得た知識を説いた。

「伊達の殿様は余ほど海鞘が好きだったのね。旬でもない正月にまで求めさせられて伊達家の賄い方も難儀なことだ」

身も蓋もない。

風にとって戦国の英傑もただの我が儘扱いである。

味の良くない海鞘を食べながら奥の細道を読み返していた。

「う〜ん」

首を捻る。

「松島は日本一景色の良いところとか、美人が化粧したように思うとか、澄み切った気持ちにさせられたとか、書いていながら、一句も詠まず、颯々と通り過ぎてしまったものね」

それが引っ掛かった。

「父様は感激の余り句が出なかったと言っているじゃない」

雅も奥の細道は読んでいる。疑問には思わなかった。

「けど、曾良さんは詠んだ」

風はそこに目を付ける。

松島や鶴に身をかれ郭公

「風光明媚な松島で郭公はそのままの姿では釣り合わない。鶴の衣を纏って優雅に見せてくれ、ってことか」

句意を読み取るが、

「鶴の衣？」

深慮があるような気がしてならなかった。

仙臺から松島へ、塩竈からは船で海路を取り、芭蕉が日本一と賞賛した風景を楽しみながら松島に着く。

荘厳な寺院が目に付く。

「これが瑞巌寺か」

颯は暫し豪奢な伽藍を凝視する。

伊達政宗が自ら縄張りした参道に入った。

参道の左右には十二の塔頭が建ち並び、静寂にして厳粛な空気に包まれている。

庫裡、そして、本堂を巡り、

「そういうことか」

颯は頷いた。

「どういうことよ」

雅が問い質す。

「鶴の衣の意よ」

「鶴の衣って、曾良さんが詠んだ句のこと？」

「そう」

「何がわかったの」

「瑞巌寺という郭公が鶴の衣を纏っているということよ」

「えっ」

「この参道、途中から左に折れているわ。これでは外から本堂へ直に矢弾を撃ち込めない。それに崖の際に並ぶ修験者のために設えた宿所、兵を留める武者隠しのようね。太鼓濠は内が空洞になっていて矢弾で貫けぬようできている。畳の厚さは五寸半（約十七糎）もある。矢弾を防げる」

「それって」

「そう。つまり、伊達家の隠し砦とも言えるわね。それを曾良さんは見抜いた」

「公儀に知れたら一大事ね」

「もう知れているかも知れない」

「どういうこと…」

雅は言い掛けて、はっと気付く。

「曾良さんは隠密ってこと？　句に織り込んで公儀に伝えていたってこと？」

その仮説は衝撃的だったが、雅は渋い顔になった。

事実なら伊達家は御家存続の窮地に立たされる。

「伊達家の裏はまだありそうだね」

風にとって真実に辿り着く探究こそ望むところであり、

「石巻も面白そうだよ」

悪戯小僧のような顔をしていた。

金華山は海上に見え、数百の廻船が入江に集まり、人家は軒を連ね、町は大いに栄えている。

芭蕉が記した通り石巻は仙臺にも増して賑わっていた。

奥州屈指の要衝であることに違いない。

「初代の殿様は此方に居城を据えたかったらしいわね」

そう雅は聞いている。

「良い湊だものね。水運の便が良い。此方に城を築けば、公儀に目を付けられるのは必定、憚ったということか」

颪は察しが早かった。

北上川の水運によって内陸からの物資も集まり、黒潮の海運の拠り所として千石船によって江戸との流通も申し分ない。石巻は仙臺藩の経済の中心地と言えた。

「百年より前、美濃（関ヶ原）での大戦の折、伊達の殿様は世の立て込みに付け入って和賀一揆を煽って領地を拡げようとしたとも言われているわ。それを権現（徳川家康）様に疑われて二十万石を取り損ねたとか」

雅も知るところである。

風は心の中で思う。

(曾良さんがどこまで掴んでいたか)

伊達家の軍事機密になど興味はなかった。が、

(曾良さんが隠密なら父様も？)

父親の正体を知りたいという気持ちはある。

芭蕉が伊賀という忍びを輩出する印象で知られる里の出であれば、その想像も穿ち過ぎではなかった。しかし、

(どうでも良いことだ)

風は考えないことにする。

(父様と曾良さんが公儀隠密であろうと、なかろうと、私たちには何の関わりもない)

割り切ることにした。

風にすれば、ただ奥州の風景を見ながら歩きつつ伊達家の機密を読み取って行くことで、

(退屈しなかった)

それだけのことである。

「さあ、いよいよ平泉だね」

と、雅に微笑み掛けた。

「そうね。漸く」

雅は目を細めて北の空を見る。

姉妹の心はもうこの旅の目的地へ馳せていた。

三

石巻の海岸から離れ、北上川に沿って内陸へ入り込んで行く。

一口に石巻から平泉と言っても十六里もある。さすがに健脚の芭蕉と曾良でも登米、一関に泊まって三日掛かっていた。雅と風も同じ経路で栗駒山に焼石岳と五千尺近い連峰を仰ぎ見ながら平泉に辿り着く。

まずは中尊寺を訪れた。

藤原初代清衡が財を投じて造営した豪華絢爛な寺院である。戦乱で多くの伽藍が焼失するも往時の繁栄の名残があった。

元禄十二（一六九九）年、仙臺藩によって金色堂が修復されている。

その名の通り堂の内外は悉く金箔が貼り巡らされていた。壁面のみならず縁や床まで漆塗りの上に金箔を貼って仕上げられている。

修復費は相当なものであったと、見るからにわかった。

それぱかりか、

（十年ほど前、公儀は伊達家に日光東照宮の修繕を命じた。その費えも並々ならない）

どのようにして工面し得たのか。

（仙臺藩は六十二万石だけど、初代の殿様が新田を開かせ、治水を整えたことで、実のところは九十万石にも及ぶと言われている。干し鮑や鱶鰭《ふかひれ》など清へ出す俵物により稼ぎも大きい）

裕福であることは確かだった。

（然れど、藩札を出したこともあるほどだから、決して楽ではなかっただろう。当代の殿様は金の遣い方が荒いとも聞くけど、民が苦しんでいるようでもない）

にもかかわらず、多大な費用を捻出できたのは、

（藤原家の財宝で埋め合わせたのではないか）

その疑惑が風の脳裡に浮かぶ。

（公儀も同じことを考えただろう。伊達家がお宝を使う時を狙って在り処を摑み、横取

りする。曾良さんはその手先か)

そこにまた行き着く。

しかし、曾良が奥州道中から帰って十年余りが過ぎている。その間、幕府は伊達家の粛清に動いていない。

(曾良さんもお宝の在り処を暴けなかったか)

そういうことになる。

(真にお宝などあるかないか知れないし、公儀隠密が探し出せなかったものを私に見付けられるとも思われないけど…)

聊か謙虚に思うも、難題だからこそ、

(面白い)

興が津々と湧いてくる。

(探ってみよう)

風は藤原家の財宝探しに取り掛かった。

当て推量で闇雲に探しても見付かるはずがない。

目星を付けて一点集中するに如かず。

雅と凪は一関の宿で夕餉を取りながら、智恵を出し合った。

「伊達の殿様は中尊寺にお宝があると知り、建て直すという口実を付けて掘り出した」

「そうならば、もうお宝は私たちの手に届かない」

「奥州まで来たのに」

「藤原家三代目がお宝を中尊寺に隠していたらよ」

「あんた、お宝を隠したのは中尊寺じゃないって言うの」

「ええ」

「どうして」

「曾良さんは中尊寺で三代の像の経堂が開かれず、と言っているわ」

「父様は三代の像を見たって書いているけど」

「曾良さんは見たとか、見なかった、ではなく、経堂が開かれず、と言っているわ。父様も金、瑠璃、珊瑚などの七宝は消え失せ、珠玉を鏤《ちりば》めた扉は破れ、金の柱は朽ち果て、と書いている。さらに、父様は、五月雨の降り残してや光堂、と詠んでいるけど、曾良さんは、蛍火の昼は消えつつ柱かな、としている。そして、桃隣は金堂や泥にも朽ちず蓮の花、か。どうも父様は飾っているみたい。曾良さんの方がありのままのように思える。つまり…」

「つまり」

「お宝は中尊寺にはなかったのよ」

「では、どこよ」

「父様は、跡は田野となりて金鶏山のみ形をのこす、と書き残しているわ」

「あっ」

雅は思い付いた。

「三代目が富士山に似せて一晩で造った山があるそうよ。平泉を護るため雌雄一対の黄金の鶏を埋めたと言われているらしいわ」

中尊寺の南東およそ四半里、金鶏山は海抜三百尺（九十米強）にも満たぬ小高い丘である。

「何の形を残したのか」

「お宝と結び付くかしら」

「行ってみなければ、わからない」

颪の探究心は挫けない。

翌朝、出際に、

「金鶏山へ行くと耳にしたけど…」

宿の古株の女中が訊いてきた。

「ええ、そのつもりだけど」

雅が応えると、

「金鶏山の財宝を暴こうとすると、鎧武者が現われて襲われるという噂があるよ。九郎判官（源義経）様の祟りじゃ。藤原の夢の跡を荒らす者を懲らしめる。殊の外、源氏に与する者には容赦ない。悪いことは言わないから止めて置きなされ」

女中は恐る恐る忠告する。

「有り難う」

雅は女中の親切に感謝しつつも、

「気を付けますね」

止《や》める気はなかった。

傍らで聞いていた風は、

（将軍家も源氏を名乗っている）

幕府を遠ざけるための手ではないだろうか。

雅と颪は宿の女中の忠告を肝に銘じながらも金鶏山に登った。

芭蕉と曾良が来た頃には夏草が生い茂っていた山は今、枯野になっている。この時期なら草木が邪魔にならず財宝を捜しやすかった。

小さな山だが、勾配は結構きつい。

雅と颪が頂上に辿り着くと、一帯に九基の経塚があった。いずれかに財宝、もしくは手掛かりが隠されているかと期待できる。

経塚を掘り起こすなど罰当たりの極みであり、躊躇するところだが、思い悩むでもなかった。

「これは」

雅と颪が目を疑ったほど、九基の経塚は悉く既に暴かれ、荒らされていた。

九基それぞれ確かめる。

奪い取られた後か、元々なかったのか。財宝の影も形もない。

雅と颪は行き詰まった。

ところが、

「これで合点がいったわ」

と、颪は言う。

「何が？」

雅は不首尾にもかかわらず納得したという意味がわからない。

「父様と曾良さんは平泉に一日しかいなかった。それで、あの広くて大きな中尊寺を隅々まで調べられたとは思えなかった。けれど、中尊寺もここと同じように宝探しで荒らされていた後だったとしたら…調べようがないわよね。伊達の今の殿様が金色堂を修繕させたのは元禄十二（一六九九）年、父様と曾良さんが平泉に来た時より十年も後よ」

「そういうこと」

「ええ」

「では、平泉まで来ても無駄足だったってこと」

「そうとも言い切れないよ。宿の女中は金鶏山の財宝を暴こうとすると、鎧武者が出るって言った。何もないのに、どうして護る。お宝はないかも知れないけど、手掛かりがあるような気がする」

「気がする、って」

「そう私の勘」

「もう」

雅は眉を顰めるが、風の勘を信じている。

雅と風はもうここに用はなく、金鶏山を下りた。

冬だが、まだ陽は高い。

「少し聴き込みするわ」

と、雅は言う。

「えっ」

風が要領を得ないでいると、

「あんたはいいわ。愛想ないから。気分を害すると話してくれなくなる。宿へ帰って奥の細道でも曾良さんの日記でも読んで手掛かりになりそうなくだりを探りなさい」

雅は一方的に言い付けて、行ってしまった。

風は一人、一関の宿に戻って、もう一度、奥の細道と曾良の旅日記を読み比べる。

「う〜ん」

雅に言われて深読みしてみたが、これまでの発想の域を出なかった。

二刻も過ぎたか。

雅が一関の宿に戻った時にはもう五ツを過ぎていた。

風は本を開いたまま顔に乗せて仰向けに寝ている。

「何も出なかったようね」

雅は本を取り除け、

「起きなさい。少しわかったわよ」

と、告げた。

途端、風は跳ね起きる。

「何が、何がわかったの」

雅は、

「お腹、空いた。何か食べさせて」

「とにかく、何か食べてから話す」

それが先だった。

「じゃあ、これ」

風は木皮の包みを差し出した。

「えっ、何」

雅が木皮を開き、餅を見付ける。

「取って置いてくれたの。しかも、ここらの名物のお餅じゃない。あんたでも気が利くのね」


と、言うや、もう餅に齧り付いていた。

雅は餅で腹を満たすと、

「ふう」

人心地付き、水を飲んで落ち着く。

そして、唐突に、

「あさひさし　ゆうひかがやくきのしたに　うるしまんぱい　こがね　おくおく」

と、詠んだ。

風の耳が、ぴくり、と動く。

「朝日差し……夕日輝く木の下に……漆万杯……黄金億億……」

繰り返し、

「ということ？」

と、訊く。

雅は応える。

「そういう詩が古より伝わっていると村の老爺に聞いたのよ。金鶏山は新御堂の庭園から は夕日が山の向こうに沈んでいくように見えたわ。夕暮れ時に庭園から新御堂を望めば、落日が後光のように照らし、極楽浄土の如く美しかった」

「藤原家は黄金の鶏の番を埋め、さらに漆万杯と金一億両を隠したということか」

風は目を輝かせた。

「でも、老爺は、宝を探せば、武者に襲われる。止めて置け、とも言ったわ」

「この宿の女中さんもそう言っていた」

「今日は遭わなかったけど…」

「明日、朝日が差し、夕日に輝く木の下を片っ端から掘ったら出るかもね」

風は楽しんでさえいる。

そして、

「朝日が差し、夕日に輝く木の下ってわかる」

と、訊けば、

「ええ」

雅は当然とばかりに応えた。

四

翌未明、七ッ（午前四時）に雅と颪は宿を出て、再び金鶏山に登り、陽が昇るのを待つ。

やがて、明けの六ッ半（午前七時）近くに東の山々の稜線が赤く染まり出した。

「朝日が差し、輝く木の下」

雅と颪は陽光の照らす木を目で追う。

「掘ってみよう」

颪は雅を促した。

農家で鋤と鍬を借りている。農閑期であり、銭を出せば、貸してくれた。

鋤と鍬で朝日の差す木の下を片端から掘る。

しかし、

「ない」

財宝は見付からなかった。

「ふう」

颪はどかりと地べたに胡坐を掻く。

雅も合わせたようにへたばった。

風は考えるまでもなく、

「待つしかない」

座り込んで動かなくなる。

「どういうことよ」

雅は嫌な予感がした。

果たして、風は、

「夕暮れまで待つ」

と、言って腰を据える。

雅は予感が当たり閉口した。

まだ随分と陽は高い。

「夕暮れまで何刻あると思っているのよ」

が、風は言い出したら聞かないことを知っている。梃子《てこ》でも動かなそうな風を見て、

「はい、はい」

諦めて待つことにした。

奥州の冬は厳しい。だが、幸い小春日和で寒さを感じず、凍えることはなかった。

餅を弁当にして持参している。腹を満たし、竹筒に入れて来た水で渇きを癒して凌ぐ。

やがて、陽は西へ傾く。暮れも七ツには陽が落ちていった。

待つこと五刻、夕日に輝く木を見付ける。朝日を浴びていた木も記憶していた。その
いずれも満たす木の下、

「ここだ」

風は立ち上がり、歩み寄る。

木の下に鍬を打ち込む。

その時、

「うわっ」

背後から斬り付けられた。

風と雅が振り向けば、鎧武者が立っている。

「ほ、本当だった」

雅は目を剝き、身構えた。

陽が落ち、辺りはもう薄暗い。他には何人もいず、助けを呼べない。

雅はひたすら逃げ捲っていた。

「あっ」

風は石に躓き、転びそうになる。そこへ鎧武者が仕掛けた。

この成り行きを陰で秘かに見ていた者がいる。風の窮地に飛び出そうとした。

ところが、風は間一髪、斬撃を躱し、鎧武者の太刀持つ右手首を摑んで捻り、背負い投げる。

鎧武者の体軀は宙に舞い、背中から地面に激しく落ちた。

「あぐっ」

鎧武者は呻き、立場は逆転した。

風は、はあはあ、と息が荒い。

「面倒なので、体使わせないで」

文句を言う余力はあった。

陰の者はほっとする。

雅も胸を撫で下ろし、

「この娘、強いのよ。本を読んだだけで武術を体得してしまったんだから」

と、我がことのように胸を張った。

「関口氏心の柔新心流自序よ」

風は諭して、鎧武者の首を踏み付け、身動き取れなくする。

そこへ、

「そのくらいで勘弁してやってくれ」

老武士が現われた。そして、優しく、

「某は今野源太左衛門と申す。あなた方は？」

と、名乗り、訊ねる。

雅は老武士の風体を見定めた。

上物ではないが、小袖と袴を小ざっぱりと着こなしている。皺の多くなった顔も趣があり、邪なところは感じられない。何より雅と風を害そうという素振りは全くなかった。

「私は雅、この娘は妹の風」

と、応え、

「風、もういいよ」

言い付ける。

風も状況に敏だった。雅の心を察し、鎧武者の首から足を外し、解放する。

だが、鎧武者は立ち上がるや尚も身構えた。

「四兵衛、もう良い」

源太左衛門も鎧武者を窘める。

それでも四兵衛と呼ばれた鎧武者は肩の力を抜こうとしなかった。

「今野源太左衛門？　四兵衛？」

その名は風の記憶にある。

（どこで、見た）

記憶を辿るうち、

「あっ」

気付いた。

「あなたたち、父様に良くしてくれた人たちね」

奥の細道に名は記されたことを思い出す。

対して、

「えっ」

源太左衛門と四兵衛は驚いた。

「娘さんたちの父上とは」

と、源太左衛門が訊けば、

「松尾忠右衛門、芭蕉と呼ばれています」

雅が応える。

「おおっ」

源太左衛門と四兵衛はまた目を丸くした。

「そうか。芭蕉殿の娘御か」

四兵衛は漸く構えを解き、兜を外した。染々風と雅を見る。

「芭蕉殿が亡くなり、句を詠むのも忘れて、もう何年になるか」

源太左衛門は真顔になり、訊いた。

「父が亡くなって八年になります」

雅は告げる。

「それほどになるか」

「はい」

「その芭蕉殿の足跡を辿って、ここまで来られたか」

「まあ、そのようなところです」

雅がそつなく応えるが、

「夢の跡」

風が口を挿んできた。

「夢の跡を確かめに来た」

目的を明かす。

「ほお」

源太左衛門は反応していた。

「それで、この金鶏山か」

察するのは容易である。

「どうだろう」

源太左衛門が問い掛けた。

「夕餉は未だ、であろう。味噌汁が旨く煮えている。我々と囲炉裏を囲まぬか。芭蕉殿の話を聴きたい。芭蕉殿を懐かしみたい」

と、食事に誘う。

思いがけぬ招きに、

「えっ」

雅は躊躇った。ところで、
ぐぐう
腹の虫が鳴る。

すると、

「喜んで」

風は珍しく愛想良く言い、申し出を受けてしまった。
空腹でもあるからだが、源太左衛門と四兵衛が、
（お宝の秘密を知っていそうだ）
と、見込んでいる。それを聞き出す目論みがあった。

第四章　結城伝説

一

雅と風は金鶏山を下り、源太左衛門と四兵衛に北上の山へ導かれて行く。

山裾の林の中に猟師小屋が設えられていた。

中に入ると、囲炉裏があり、鍋が吊るされて火で煽られている。香ばしい匂いが漂い、食欲が大いにそそられた。

雅と風、そして、源太左衛門、四兵衛は囲炉裏端に腰掛ける。

仙臺藩は政宗の頃から味噌造りが盛んに行われていた。年を重ねる度に旨くなり、風味高い赤味噌は江戸でも知られる逸品である。

その味噌で煮込んでいるのは、

「これ生き物の肉では…」

雅が恐る恐る訊いた。

その通りなら生類憐みの令に引っ掛かる。

「そうさ。熊だよ」

四兵衛が肉の正体を告げた。

「く、熊!?」

雅は思わず腰を浮かすほど驚く。

風も口には出さないが、目を丸くしている。

「四兵衛さんが仕留めたの？」

雅が訊けば、

「そう。四兵衛は熊撃ちの名人なのだ」

源太左衛門が応え、

「熊は冬の眠りに入る前、木の実などで滋養を身に蓄える。だから、この時期は肉に脂が乗り、旨くなる」

と、四兵衛は熊肉の美味を説いた。

しかし、

「生き物の肉は御禁制では」

雅はそれを指摘する。

四兵衛は、ふん、と鼻を鳴らし、

「だから何だと言うのさ。ここは陸奥だ。江戸の決まりなど知らん」

敢然と言い放った。

「熊に限らず獣を放って置けば殖える。殖えれば、木の実や虫、山の食い物が足りなくなり、里へ下り、人が丹精込めて育てた作物に手を出す。だから、程々に退治するのだ。けれど、獣とはいえ命がある。我らは奪った命に感謝して頂くのさ」

「良いじゃない」

と、風が口を切る。

「お腹、空いたわ。食べましょうよ。美味しそうだわ。姉さんだってどこからか鰻、仕入れて来たじゃない」

それを言われると、雅は返す言葉がない。

「あれは…」

咎められない理由はあるのだが、言えなかった。

「わかった。食べましょう」

四兵衛が鍋の汁を木椀に注ぎ、箸を添えて雅と風に手渡してくれた。

「有り難う」

雅と風は礼を言い、汁を啜る。

然れば、

「お、美味しい」

口を揃えて感嘆の声を上げた。

さらに、柔らかく煮込まれた獣肉を嚙み締めると、

「美味しい」

また声を上げ、至福の笑みを浮かべた。

熊鍋を味わいながら芭蕉の話をする。

「御父上の足跡を辿って、ここまで来られたか」

源太左衛門は健気に思った。

風はあからさまに、

「夢の跡を探しに来たんだよ」

本音を口に出す。

そのようなことは源太左衛門と四兵衛もわかっていた。

「それで、見付かりましたか」

源太左衛門は問う。

「探しているところで、あなたたちに襲われた」

「我らも探した。が、金の鶏などありはしない。にもかかわらず、宝を捜してここらを荒らす者が後を絶たない。故に、元禄八（一六九五）年に殿は抜き取りを禁じられた」

「お二人は不心得者たちを懲らしめるため鎧武者を装って見張っていらしたのね」

雅は納得した。

「源太左衛門さんと四兵衛さんは伊達家の隠密なの？　伊達家には黒革の脛巾《はばき》を着ける忍び衆がいると聞いたことがある」

風は、微妙な逸事を全く斟酌せず言い及ぶ。

黒脛巾は商人や山伏、行者に紛れて諸国に分散させ、昵懇になり、誼《ぎ》をもって密事を聴き出し、伊達家に通じる間諜であった。初代藩主、政宗が創設し、歴々と受け継がれている。

「訊きにくいことを訊く」

源太左衛門は苦笑して応えない。

「父様は石巻で、ただ、どの家も水を恵んでくれなかったとしか記していないけど、曾良さんは今野源太左衛門さんという方が白湯を施してくれた上に四兵衛さんの宿に口をきいてくれたと言っている」

「その通りだ」

「実は石巻の人々に言い含めて父様と曾良さんを避けさせた。父様と曾良さんが途方に暮れたところで、源太左衛門さんが手を差し延べる。そして、父様と曾良さんが伊達の領内を通り過ぎるまで源太左衛門さんと四兵衛さんの手の内に置いて見張った」

その推理に四兵衛は顔を顰めるが、源太左衛門は薄く笑って流していた。

「要らぬ詮索はせぬことだ。世の中には知らぬ方が良いこともある」

と、諭す。

風はまじまじと源太左衛門の目を見ていた。

そして、

「父様と曾良さんが隠密と知れれば、見逃すはずないものね。まあ、大して害がないと見たから強いて追い詰めなかったとも言えるけれど」

風の推察に、

「まあ、思うままに任せるさ」

源太左衛門は言い、

「芭蕉殿の書き残した夢の跡に関わりがあるか、どうか、わからぬが…」

前置きした上で、

「五百年もの昔、武皇（源頼朝）様が奥州征伐の折、功のあった結城上野介（朝光）殿に藤原の金銀財宝を存分にすることを許されたと聞いている」

と、知っていることを余さず話した。

「結城？」

雅と風は首を傾げる。今は聞かない家名だった。

そのはずである。結城家は下総の名族だが、家康の庶長子の秀康が養子に入って継いだ後、越前へ転封となった。そして、秀康は松平姓を名乗り、結城の名は消えて百年にもなる。

「下総の結城のこと？」

風は古文書で見たことがあった。

「お宝は下総に持って行かれたってことですか」

雅が確かめる。

「とにかく、ここに宝はないということだ」

源太左衛門は言い切り、最早、何も語らなくなった。

風としては、ここに、ない、ということがわかれば良い。

「夢の夏草は枯野になっていたのか…」

風は芭蕉が最後に詠んだ句の意味を覚り、

「お宝は平泉にないということだね」

と、帰結し、次に探すべきところも知れた。

風はそのための体力を付けるかのように熊鍋を貪るように食べる。


夢の跡は奥州から下総へ移っていた。

雅と風は四兵衛の宿を発つ。

斜向いの宿の二階から見ていた者がいた。雅と風の平泉での行動を一部始終監視していたのは曾良である。江戸から雅と風を付かず離れず追い、陰から秘かに見守っていた。

それを知る由もなく雅と風の旅は続く。

奥州の山々はもうすっかり白い。江戸へ返す頃合だった。

仙臺、岩沼、白石、福島、須賀川、白河、黒羽と来た道を戻る。

小山で奥州道中から離れ、東へ進む。

早駆けの馬に出交わした。

「そう言えば、行きでも慌しく侍が馬を駆っていた」

風は思い出し、気に掛かる。

駆け去った早馬の後を辿るように結城へ向かう。

二

小山から東へ二里、結城に入った。

城はなく、秀康が越前への転封後、破却され、以後百年、大名は置かれていない。

「結城は蚕の繭からの生糸で栄え、その利を公儀は独り占めにするため天領にしたと聞くわ」

風は読んだ本の内容は悉く記憶している。

「その生糸造りの智恵も世に広く知れ渡ったので、結城を囲って置く謂れがなくなり、三年前、藩と化し、殿様が据えられたわ」

雅はさらに事情通である。書物から得た知識ではなく、自ら見聞した事実だった。

さて、雅と風は結城で如何にして財宝を追うか。

取り敢えず旅籠に落ち着き、考える。

結城家主従は挙《こぞ》って越前へ移り、城から御殿、隅櫓、御台所、太鼓櫓、築地三筋塀、下馬札など将軍家が持ち去り、跡形もない。

颪は思う。

「公儀は繭を独り占めするだけでなく、お宝を我が物とするため結城家を追い出したのではないかな」

その見立ても否めなかった。

「確かに、お城から御殿などは武州の勝願寺へ移されて百十四畳敷きの大方丈、金の間と九十六畳敷きの小方丈、銀の間が設えられて結城御殿と呼ばれているわ」

雅の言う通りであり、その上で、

「でも、お宝ってそんなものかしら」

疑問を提起する。

「奥州藤原家の栄華はそれどころではないと思う、お宝は結城の殿様が越前へ持って行ってしまったのではないか」

颪の言うように、結城城は廃れ切っていた。

「お宝を越前に持って行ったにしては藩の財政は苦しかったようよ。洪水や地揺れ、それに疫病に見舞われ、大変だったみたいね。でも、お宝で埋め合わせた様子はないわ」

雅は越前の事情も知っている。

そして、

「公儀は結城に水野隠岐守を据えたわ。まだ二十歳代半ばと若く、徳川将軍家に手腕を買われ、能登羽咋郡西谷一万石から三千石加増されての国替えよ。公儀はまだ結城にお宝が隠されていると見ている証拠《あかし》じゃない」

と、見立てた。

「将軍様の覚えも目出度いってことは、今の殿様は埋蔵金の掘り出しを特命されたということか」

風はそう見る。

「まだ、ここに来たばかりだし、聴き込みしてみるわ」

雅が風を残して町へ出て、宿に戻ったのは夜更けだった。

翌朝、風は早々と目覚め、

「姉さん、起きて。何か掴めた。話して」

雅を揺り起こす。

前夜、遅くに帰って来た雅はまだ眠い。酒も残っているようだった。

「う〜ん、もう少し」

直ぐには起き上がれない。

雅が漸く動き出したのは五ツに近かった。

颪は朝餉を食べ終えている。

雅は湯漬けで軽く済ました。

「で、何かわかったの」

「ええ」

雅はまだ眠そうな顔で頷いた。

「結城家十人衆という旧家があるわ」

「結城家十人衆？」

「結城家が越前へ移封された時、ご先祖の菩提を弔うため、ここに残った十家の忠臣よ」

「へえ」

颪は俄然、興味を示す。

「和久井、高徳、早見、伊佐岡、赤荻、中里、荒川、塚原に宮田が二家、今も残っているわ。そのうちの一家、早見家の当代の次郎左衛門さんは其角さんのお弟子よ」

「えっ」

風は腰を浮《う》かした。驚くより奇貨を喜ぶ。

「こんなことなら其角さんに一筆書いてもらって置けば良かったわ」

と、雅は悔やむが、

「良いわよ。其角さんになんて頼らなくても。とにかく、早見さんの家に行こう」

風の心はもう早見家に飛んでいる。


雅と風は早見家を訪ねた。

早見家は醸造業を営む素封家である。

「次郎左衛門さんはいらっしゃいますか」

雅が声を掛けた。

店の者は若い娘二人を訝しそうに見て、

「どちら様でしょうか」

と、誰何《すいか》する。

雅は、

「芭蕉の娘です」

と、告げた。

「芭蕉？」

店の者が首を傾げると、

「これ」

颪は奥の細道の冊子を突き付ける。

「あ、あの松尾芭蕉様ですか？　その娘さん？」

店の者は驚き、

「少々お待ちを」

急いで奥へ知らせた。

客間に通され、待つ。

程なく三十路半ば頃の若旦那が現われた。一目で当主の次郎左衛門とわかる。

「次郎左衛門です。ようこそ、いらっしゃいました」

雅と颪に対して腰低く挨拶した。

雅は辞儀して、

「私は雅、この娘は颪です」

名乗る。

「まあ、楽にして下さい」

次郎左衛門は気さくに言ってくれた。

「有り難うございます」

雅はまた頭を下げる。

風はいつものように周囲を気にせず己れの気の向くまま、きょろきょろと部屋を見回していた。

雅は切り出す。

「次郎左衛門さんは其角さんのお弟子さんと聞き、厚かましくも伺わせて頂きました」

「はい、憚りながら芭蕉大師匠の孫弟子ということになります」

「早見家は中納言家（秀康）が越前へ転封になった時、結城家の菩提を供養するため帯刀を認められた上で残った由緒ある御家柄、十人衆の一家ですよね。次郎左衛門さんはその治右衛門さんの御曾孫でいらっしゃると伺っています」

「先祖のことで、私などは…」

次郎左衛門は謙遜するが、

「奥州から結城に伝わった財宝を知っていますか」

風は構わず問い掛けた。

次郎左衛門の顔が一瞬、曇る。が、それを気付かれないように、笑みを消さず、

「さて、申しましたように先祖のことなので、私には……」

はぐらかす。

「そ、そうですよね」

雅も取り繕う。

それでも風は、

「何方《どなた》か、知っている人はいませんか」

引かずに食い下がったが、

「さあ」

次郎左衛門は惚けているのか、本当に知らないのか。その後は場の空気が重くなり、会話が続かなくなった。これ以上、聴き取れる雰囲気ではない。

雅は次郎左衛門という人物を推し量った。

(食えない男)

何か隠しているのは察せられるが、容易に口を割らないと覚る。

然れば、もう今のところ用はない。

「そろそろお暇しましょう」

雅は風を促して引き取った。

結城家に繋がる早見次郎左衛門は殻を閉ざしてしまう。

これで雅と風は唯一とも言える伝手がなくなった。

宝探しは一から仕切り直しとなる。

風はめげない。

「結城家由縁の寺社を当たっていこう」

有力な情報がなければ、それしかなかった。

「では、私はここの人たちに聴き込みするわね」

雅も前を向く。

風は寺社を巡り、雅は町や村の人々に聴き込んで回ることになった。

三

一口に結城家由縁の寺社と言っても少なくない。

結城家は去ったが、遺した寺社仏閣は思いの外、あちこちに現存していた。

初代朝光から十七代晴朝まで創建、再興、保護した寺社は数え切れない。

(全て回るのは難儀だ。その上、宝の在り処を探るとなると…)

風は思案した。

(結城の血統としては十七代目が最後か)

十八代秀康の時、越前へ移封となるが、晴朝が下総結城の最後の当主と言って良い。

(越前へ移る前、公儀に奪われぬよう隠したか)

狙いを十七代晴朝が創建した建造物に絞った。

松月院と大勝寺がそれだが、どちらも立派で目立ち過ぎ、

「違う」

風は見立てる。

最も怪しいのは、

(十七代目は十八代目に家督を譲った後、会之田城に引き籠もり、越前へ移る際も何やかや言い訳して一年も離れなかった。その間に隠したか)

会之田城は結城城より北へ二里、晴朝の隠居城だった。

風は期待して会之田城を訪れたが、

「これは」

結城城より酷い荒廃振りに絶句したが、
しかし、

「皆、考えることは同じか」

納得する。晴朝が下総で最後に籠もった居城に隠すとは誰もが考えそうなことなのだ。

（会之田城にはなかった。それがわかった）

颪は前向きに考え、結城へ引き返した。

七ツ（午後四時）にはもう陽が翳る。

颪は連泊している宿に戻った。

すると、

「姉さん、どうしたの」

雅が旅籠の玄関脇の軒下に荷を背負って佇んでいる。

ぽつり、

「追い出された」

と、渋い顔で告げた。

「ど、どうして」

「前から押さえていたお客さんがいたんだって。私たちは長居しているからね」

「そんな。部屋がなくなるほど、お客さんが入っているとは思えないよ。文句言う」

風は旅籠に乗り込もうとしたが、雅に止められる。

「行こう」

雅は風の手を引いて旅籠から離れて行った。

「えっ」

風は雅に引かれるまま町の外れまで連れ出される。

辺りはすっかり暗くなっていた。

宿を探さなければならない。冬の寒空の下、野宿は願い下げだった。

しかし、

「泊めてくれる旅籠はないよ」

雅は冷静に告げる。

「えっ、ど、どうして」

風は訳がわからない。

雅は歩き続けながら風に説いた。

「私は一日、聴き込みした。けれど、皆、口をきくどころか、避けているようだった」

「それって」

「そうよ。早見次郎左衛門さんを訪ねてからよ」

「皆、口どめされたってこと」

「そう思って良いわね」

「では、この先、どうにもならないってこと」

「そうね。ところで、あんたはどうだったの」

「会之田の御城は結城より酷かった」

「やはりね。で、明日からどうするの」

「結城家十七代目由縁のお寺や神社を当たる。って、けど、今日、泊まるところがなくて、明日のことなど考えられる余裕なんてないじゃない」

風が溜め息をついたところで、

「わっ」

雅が急に立ち止まり、ぶつかりそうになる。

「どうしたの」

風が口をとがらすと、

「ここよ」

雅が指し示したのは一軒の医家だった。

結城城址の南西半里、永横町に居を構える根本道璵《どうよ》は結城の新領主、水野勝長の侍医である。

道璵は快く雅と颪を受け入れてくれた。

「この地の者たちは余所者を快く思わない。根は悪い人々ではないのだが、古く凝り固まった習俗に縛られている」

道璵は理解があった。医師としては地元の人々と分け隔てなく接したいのだ。

雅と颪は道璵に救われた。

「端から道璵さんに頼れば良かったのに」

と、颪は言うが、

「色々あるのよ」

雅にも事情がある。

実のところ、

(できれば、頼りたくなかったのだけど)

背に腹は変えられなかった。

颪は訊く。

「でも、どうして道璵さんを知っていたの」

雅は、

「色々あるのよ」

と、応えるだけだった。

雅と風が部屋を与えられて落ち着くと、襖越しに、

「少し良いか」

道璵が声を掛ける。

「は、はい」

雅は急いで襖を開けた。

道璵は中に入り、腰を下ろす。

「財宝の手掛かりはあったかかな」

それを聴きたかった。

「いえ。どこも掘り起こされた後で無残なものでした」

雅は率直に応える。

「そうか」

道璵もわかっていた。

「金光寺の山門に三首の和歌が刻まれている」

一片の冊を差し出す。

雅は手に取り、詠む。

「木の亭　こういうもんに　咲く花も　緑残す　万代の種」

「紅葉に　触れて絡まる　うつ若葉　露の名残りは　末の世までも」

「菖蒲咲く　水に映ろう杜若　色は変わらぬ花の芳し」

道瑛は言う。

「いずれも季を詠んだ句に過ぎぬと思われるのだが、殿は気に留めていらした」

「お殿様が？」

凪は、百年近く大名を置かなかった地に藩を立て、譜代の水野勝長を据えた幕府の意図の一端が朧気に見えたような気がした。

結城藩主、水野勝長は今、参勤交替で江戸にいる。

「お殿様と言えば、結城の藩に何かあったの」

そのことを訊いた。

「と、言うと」わざとらしく、道瑛は首を捻る。

凪は、

「奥州へ行く途中で早馬に遭った。そして、此処に来る途中でも」

そのことを告げる。

「火急の知らせか。さて、医師の身では政に関わることなど耳に入らぬ」

道璵は知らぬ顔をするが、空々しかった。

(知っているな)

風はそう見抜き、訝しそうに道璵を見ていたが、

「そうですか。妙なことを伺いました」

雅は話を打ち切ってしまう。

(今、道璵を問い詰めれば、早見次郎左衛門のように口を閉ざす)

と、風に目で物を言い、黙らせた。

道璵もはぐらかすように、

「まあ、この三句に何が隠されているか。思案してみてくれ」

と、言って、冊を雅に渡し、部屋を出る。

雅と風は目を見合わせて頷いた。

今、水野家に何かが起こっていると勘付いている。

四

雅は町に出て聴き込みを続けた。相手にしてくれなくとも、

(少しでも手掛かりを摑めたら)

駄目で元々のつもりで市中を回ってみる。

風は根本家の部屋に引き籠もっていた。

三首の和歌の書かれた冊を睨み、沈思する。

だが、読み解けない。どう見ても季を詠んだ普通の和歌でしかなかった。

風は和歌を別紙に全て平仮名で書き写してみる。

「きのからむしかふゆうもんにさくはなもみどりのこすまんだいのたね」

「こふやうにふれてからまるうつわかばつゆのなごりはすへのよまでも」

「あやめさくみずにうつろうかきつばたいろはからぬはなのかんばし」

風は一字ずつ切り取って床に並べ置いた。

文を崩し、入れ替える。

いろは…で重ね置いた。

「全く使われていないのは、ち、そ」

それを切り捨て、

「最も多く使われているのが十度で、は、か。次に多いのは七度の、か」

さらに、

「六度が、の。五度が、う。四度が、つ」

と、わかる。

三度は、い、に、た、な、ら、も、く、す、ま、ん、であった。

使用頻度の高い文字を睨み、まず、

「たからは、か」

と、見付けた。

そして、
五度の、う、と、四度の、つ、に三度から、す、を拾えば、

「うつす」

と、浮かび上がる。

風は昂奮した。

「たから（宝）は、どこへうつす（移す）の!?」

目を凝らして場所を示す文字を探す。

だが、容易に表われなかった。

時は瞬く間に過ぎ、夕刻まで思案を続けたが、宝を移した場所は特定できない。


雅が聴き込みから戻った。

風を見て、首を横に振る。

結城の人々には悉く疎んじられていた。

「あんたは？」

と、訊く。

風は床を指した。

一字ずつの切れ端が並べ置かれている。

雅は目で字を追って、

「たからは…に　うつす」

と、読めた。

「これって」

文意に気付き、目を丸くする。

「そう、お宝をどこかに移したってことよ。けど、それが何処か読めない」

と、言って、凪は唇を噛んだ。

雅は立ったまま文字を見下ろす。

「三度で残っているのは、な、く、ま、も、ん…か」

顎に右手を添えて考え、

「な、く…か」

その二字が気に掛かった。

「文字の多さでわかるような容易な謎ではないわね」

と、諭す。

「わかっている。二度、一度の文字も見たけど、組み合わせが多過ぎて…」

凪は音を上げた。

雅は目を閉じ、これまで下総で聞き知った城砦寺社仏閣を思い巡らす。やがて、目を開き、な、く、に二度、一度の、また既に使った文字から拾い上げて組み合わせ、

「晴朝公が結城で隠居したのは中久喜の城よ」

と、応えに辿り着く。

颪は刮目して文字を凝視し、

「確かに」

な、か、く、き、の、し、ろ、を見付けた。

苦笑し、

「姉さんには敵わないや」

と、舌を巻く。

宝は中久喜の城に移す。

これを道瑱にも話し、宿飯の恩義に報いる。

「何と」

道瑱は解けなかった謎が明らかになり、唸るばかりだった。

「中久喜と言えば、中納言家が結城の家督を継いだ後、晴朝公が一時、隠居の城として入られた。その晴朝公も越前へ移り、中久喜の城は廃された」

と、概説し、

「そうか。晴朝公が越前行きを一年も遅らせて会之田城に籠もったのは、そちらに目を向けさせるためだったか」

それを覚る。

翌日、雅と颪は中久喜の城址を訪れた。

然して、

目を見張る。

「こ、これは」

大勢の人夫が城域の至るところに鋤を突き入れ、掘り起こしていた。

雅と颪は顔を見合わせ、肩を落とす。

「やられたわね」

雅は嘆息する。道璵に出し抜かれたことは明らかだった。

颪は捌けている。

「良いわ。私はお宝の謎を解きたかっただけだから」

そう言って、早々と踵を返した。

雅と颪は根本家に戻り、

「明日、発ちます」

雅は告げる。

「そうか」

道塡は平然と返した。

「留まる用がなくなったので」

風は一言申す。

道塡は苦笑して受け流していた。

翌朝、雅と風は結城を去る。

江戸への帰途、雅と風は鴻巣に立ち寄った。

言うまでもなく、結城城から御殿、隅櫓、御台所、太鼓櫓、築地三筋塀、下馬札などを移設した勝願寺を見るためである。

結城御殿は大方丈が将軍御成の間であり、金の間には家康像、銀の間には秀康の念持仏が置き据えられ、下々が入ることは叶わない。

将軍家に庇護されているだけあって、外から見ただけでも寺勢がわかる。

風は寺を一見しただけで、

「行こう」

もう歩き出していた。

「えっ、もう良いの」

雅は呆気に取られて後を追う。

「お宝をここへ全て移したのなら、水野隠岐守を結城に国替えはしないよ」

風の言うことは尤もだった。

雅と風は奥州の旅を終え、江戸に帰る。

第五章　江戸の変

一

雅と風が江戸に戻ると、十一月も半ばになっていた。もうめっきり寒く、夜が長い。

深川に戻って三日後、其角が訪ねて来た。

「これ」

旬の栗を持参している。

芭蕉の弟子たちは時折、姉妹の様子を見に来てくれていたが、近頃は足が遠退いていた。

其角も蕉風から離れ、ほとんど顔を見せなくなっていた。

「良い栗が手に入ったのでね。雅ちゃんと風ちゃんにも食べてもらおうと思って」

この日の来訪の理由を言う。それが挟《こ》じ付けのようにも聞こえた。

「結城へ行くなら一言声を掛けてくれたら良かった。次郎左衛門さんを訪ねたと聞きました。一筆認めたものを」

と、恨めしそうに言う。

「結城に寄るつもりはなかったのです。奥州の道中で決まったのです」

雅は弁明するが、其角は尚、

「奥州へ行くことも知りませんでしたよ」

言い募る。

一々其角に知らせる謂れはなかった。

(知らせなかったから何だと言うのよ)

雅は鬱陶しく思う。

「弟子として師匠の娘さんたちのことが気懸かりなのです。遠慮されず、何でも言い付けて下さい」

其角は御為ごかしに言い、雅を閉口させた。

風は一言も口を開かず、眼鏡の奥から冷めた目で其角を見ている。

(何か魂胆があるのか)

見透かしていた。

案の定、

「して、奥州から下総へ、藤原から結城への師匠の詠んだ夢の跡を追われたと聞きましたが、いかがでしたか」

と、探りを入れてくる。次郎左衛門から其角に筒抜けだった。

（知っているんじゃないの）

風は内心、鼻で笑う。

雅は奥州平泉から結城朝光が財宝を持ち去ったこと、下総結城に埋蔵されたと言われていることなど話した。

そして、

「中久喜の城にありそうだったけど、水野家の人たちに横取りされました」

包み隠さず打ち明ける。どの道、水野家が中久喜城を占拠していては、雅と風にはもう手を出せなかった。

「そうですか。それは残念でしたね」

其角も気の毒がるが、心底は計り知れない。

風は唐突に、

「其角さん、結城のお殿様が何処にお宝を隠したか、知りませんか」

雅が仰天するほど明け透けに問い質す。

「えっ」

其角もいきなりで驚いた。

風は其角の顔色を注意深く窺う。

其角は平然と、

「何故、私に？」

訊き返して知らぬ振りを決め込んだ。

「知っているような気がしたから」

風は飽くまで正面から当たる。

「そのようなことはありませんよ」

其角はさらりと躱した。

「そうですか」

風はあっさり引き下がり、外方を向く。

「そうよ。其角さんが知るはずないじゃない」

雅は気が気でない。取り繕い、場を収めたが、雰囲気は悪くなった。

「姉妹二人の家に男が長居は禁物だ。今日は二人の元気な姿を見られて良かった」

其角は逃げるように腰を上げ、立ち去る。
日ならずして冬至が過ぎ、陽も少しは長くなったが、寒さは厳しくなっている。
元禄十六年も残り一月余りとなった夜半のことである。
冷え込みが厳しく、地面は水気が全くなく、固く乾き切っていた。
雅と風は熟睡していたが、
「えっ」
跳ね起きる。
家が激しく揺れていた。
雅と風は恐れ慄き、蒲団を被って揺れが収まるのを待つ。
簞笥が倒れ、襖が軋む。暫くの間が果てしなく長く感じられた。
漸く揺れが止まり、雅と風は恐る恐る蒲団から這い出る。
屋内は家具が倒れ落ち、器物が散乱していたが、家そのものは無事だった。
「そ、外、見て来る」
雅は震える足を前へ進め、門戸へ辿り着く。
激しい揺れで家屋が大きく歪み、立て付けが悪くなっていた。戸が開かない。

「風、手伝って」

雅が悲鳴を上げ、

「う、うん」

風は漸く我に返り、体が動いた。

姉妹、力を合わせて戸を開こうとする。

しかし、梁が落ちて戸を圧迫し、びくともしない。

姉妹は有りっ丈の力を出し尽くし、

「よし」

何とか戸が開いた。

雅と風は外に出る。

深川の人々が右往左往していた。

崩れた家もある。

巷は蜂の巣を突いた騒ぎだった。

雅と風が唖然としていると、

「あっ」

また地が揺れ、雅と風は震える。

夜が明け、一日、余震が続いた。

江戸城の濠の水が溢れるほどの揺れで諸門や番所、各藩邸、長屋、町屋などの建物が倒壊した。

しかし、江戸府内の倒壊家屋は二十二軒であり、他所に比べれば、被害は小さい。深夜であったため火を使っている家はほとんどなく、大きな火災も起きなかった。

一夜明けて江戸の人々も漸く落ち着く。皆、地揺れの後は一睡もしていなかった。

雅と風の家も倒壊は免れたが、著しく歪んでいる。門戸を開けたは良いが、今度は閉まらなくなってしまった。力任せに無理矢理閉じることもできるだろうが、また開けるのが難儀である。

筵《むしろ》を垂らして出入口を塞いだ。

しかし、筵では押し入られたら防ぎようがない。

その夜は、

「代わる代わる休みましょう」

と、雅は言い、そのように風と一刻ずつ交替して眠った。

地揺れから三日が過ぎる。

従兄の猪兵衛が姉妹の身を案じて訪ねて来た。地揺れの当日は己が身の回りのことで手一杯だったようだ。

雅と風は満足に睡眠が取れず、窶《やつ》れていた。

猪兵衛は閉じない門戸を見て驚くが、

「無事で何よりだ」

ただそれを心より喜ぶ。

「猪兵衛さんも」

雅も身内が恙無く、嬉しい。

風は表情に出さないが、それなりに心配していた。

門戸は猪兵衛が梁を押し上げ、まだ力を入れないとならないが、何とか開け閉めできるようになった。

「有り難う」

雅と風は安堵する。

「今は彼方此方が壊れて大工も忙しいだろう。直ぐには来てくれまい。まあ、落ち着いたら、ちゃんと開くように頼みなよ」

と、猪兵衛は言い置いて帰って行った。

「はい」

雅と凪は感謝して見送る。

地揺れから五日、余震も少なくなった。

雅は綿を入れた頭巾を被り、

「他はどうなっているのか。様子を聞いて来る」

と、言って、外へ出る。

凪は大地震の恐怖がまだ心から薄れないまま一人、家に残された。鶉《うずら》のように縮こまり、雅の帰りを待つ。

じっとして動かずにいると、色々と考える。

雅はまだ余震の危険が去った訳でもないのに処々の様子を調べに出て行った。

(姉さんはいつも、どこで、どうやって調べているのだろう)

日頃、気にもしていなかったことが気に掛かる。

思えば、一人で外に出ている時の雅のことは何もわかっていなかった。

(何しているのか。以前、姉さんは茶屋で小銭を稼いでいるって言ってたけど、どこで……)

知りたくなる。

（時々、お酒を飲んで帰って来るけど、誰と一緒なの）

とか、

（ご禁制の鰻まで持ち帰って来た）

わからないことばかりだった。

考えれば、考えるほど、

（悪いことをしているなんてことは）

そこまで思い込んだ時、雅が帰って来た。

「相模灘沿いや房総が酷かったみたいよ。小田原は大火事になり、城の天守をも焼け落ち、領内で壊れて倒れた家は八千戸、亡くなった人は二千人を超えたらしいわ。東海道の宿場も川崎宿から小田原宿は目も当てられないほどだって」

知り得た情報を風に話す。

（この短い間で良くそこまで調べられたものだわ）

風は雅が世情に密な組織に関わっていると思い及ぶ。

（危ういことに足を踏み入れていなければ良いけど）

それを心配して止まない。

二

地揺れから七日、暫く毎日、数回あった余震も少なくなった。

その矢先である。

十一月二十九日暮れの六ッ半、雅と凪は夕餉も終えて、それぞれ部屋で寛いでいた。

半鐘がけたたましく打ち鳴らされる。

「えっ、火事」

雅は起き上がった。

半鐘は都の西北から聞こえて来る。窓越しに見れば、乾の空が赤く染まっていた。

まだ遠そうだ。

「ど、どうなの」

凪が不安そうに訊く。

「まだ、遠いみたい」

と、雅は応えた。

「逃げる仕度だけはして置きましょう」

雅は風に指図する。

姉妹は衣服や金子など必要なものを大布に包み、万一、火が深川に及んだ時に備えた。

真冬の内陸の大気は乾き切っている。

小石川の水戸徳川家屋敷長屋から出た火はまず南西の風に煽られて本郷を焼いた。そして、北西の風に変わると、瞬く間に東へ飛び火する。

一度、勢威を持った火は恐ろしい。湯島、神田と伝い、本所まで及んだ。

竪川を挟んで深川とは一里もない。

五年前にも大火事が起きている。

元禄十一（一六九八）年九月六日午前、京橋南鍋町の仕立物屋より出火し、南風に乗って江戸中に半日燃え盛った火事は四ッ(午後十時)頃振り出した大雨によって漸く鎮火している。

世に言う中堂火事であった。

此度の火事と経路が似ている。

中堂火事では深川まで被災しなかったが、雅と風は一里しか離れていない本所まで火が及んだと聞き、恐ろしさに震えながら成り行きを見守っていた。それを憶えている。

此度も深川へ火が来ないという保証はなかった。

「逃げた方が良いかな」

雅は立ち上がる。

「そうね」

風も同感だった。

姉妹はそれぞれ身の回りのものを入れた包みを抱え、外へ出ようとする。

だが、

「えっ」

雅は門戸を開けようしたが、叶わない。

立て付けは悪くなっていたが、猪兵衛の応急処置で何とか開け閉めできるようになっていた。現に、この夕方、開けて閉めている。

それがどうにも開かない。

「どうして、どうして」

雅は喚きながら力を振り絞る。

まだ火の手は及んでいないが、

「火が小名木川を飛び越えたぞ」

と、外から叫び声が聞こえて来た。

焦臭い。建材が燃えているのがわかった。

「もう駄目」

雅が力尽きて戸板から手を放した時である。

「うう」

風が簞笥に抱き付いた。

持ち上げようと力を込める。

「無理よ」

雅は気力さえ失ってしまった。

ところが、風は気を吐き、いつもは押しても全く動かない重い簞笥を抱え上げる。そのままよろよろと門戸へ向かう。

「姉さん、退いてっ」

と、喉の奥から声を搾り出した。

雅は呆気に取られながらも、

「は、はい」

這うようにして道を空ける。

「それっ」

風は腕を振り、投げた箪笥が戸板に激突し、打ち壊す。

外が見える。出口が開けた。

「やった」

雅は歓声を上げる。

風は息荒く、その場にへたり込んだ。

「早く逃げよう」

雅は包みを抱え、風の左腕を摑んで立たせ、共々外へ出る。

「待って」

風は雅の手を振り解いて家の中へ駆け戻った。

奥の細道と曾良の日記を抱えてきて家を飛び出る。

果たして、姉妹の家に火が及んでいた。隣家も燃えている。

雅と風は足を縺れさせながら、とにかく火から逃れるように南へ向かった。

姉妹が落ち着いたのは猪兵衛の家である。火の手は及んでいない。

「良く無事だった」

猪兵衛は姉妹の無事を喜び、快く受け入れてくれた。

大火が鎮まったのは翌十二月一日の早朝である。

雅と風の家は一溜まりもなかった。

「何て年なの」

雅は地異人災と続いた運命を呪う。

「深川まで火が飛んで来たのは天の厄なのかな」

風は疑って考えていた。

「天の厄でなければ、何なのよ」

雅が問い掛けると、

「火付けかも」

風から容易ならざる応えが返る。

「火付けって、そんなことある訳ないでしょう。考え過ぎよ」

「けど、戸が開かなくなっていた」

「地揺れで立て付けが悪くなっていたからよ」

「それだけかな」

「それだけでなければ、何があるのよ」

「さあね」

風は茶を濁したが、

(大火に乗じて、私たちは閉じ込められた上で家に火をつけられた)

その考えを捨て切れない。

雅と凪の姉妹のみならず江戸の人々にとって散々な十一月だった。


雅と凪は新居が見付かるまで猪兵衛の家に寄宿していた。地揺れと大火の被害は甚だしく、家屋が不足している。金があっても借りられなかった。

大火から三日後、其角が訪ねて来た。

雅と凪の元気そうな姿を見て、

「無事で良かった」

相好を崩す。

「焼け出されたと聞いて探していたら、猪兵衛さんのところにいると知って、急いで来た」

心から喜んでいる体《てい》だった。

「ご心配掛けました」

雅は恐縮する。

風は外方を向いていた。理屈ではない。どうも其角が好かなかった。

「何にしても良かった。顔を見て安堵した」

其角は麻袋を置く。

「米だ。何より入り用だと思ってね」

懇篤に言って早、立ち去ろうとする。

「あ、ありがとう。え、もう、お帰りですか」

雅は礼と戸惑いが入り混じって訊く。

「まだ落ち着かないでしょう。そんな時、長居は以ての外」

其角はそう言って、家を出て行った。

遠ざかる其角の背を見送りながら、

「何しに来たのだか」

風は吐き捨てる。

雅は、

「そんなこと言ったら駄目よ。案じて来てくれて、お米も頂いたのだから」

と、窘めるが、

「どうだか」

風は飽くまで冷めた目で見ていた。

(其角は私たちを焼き殺そうとしたのではないか。その後、どうなったか、様子を見に来た)

そんな気がしてならない。

風は大火の熱もようやく冷めた五日後、焼け跡に行ってみた。

焼けた木材や金具を手に取って見る。

何者かが門戸に細工して開かないように仕組んだか、証拠は何一つ残っていなかった。

(それはそうだ。颯々《さっさ》と片付けたろうね)

大火から一月ほど過ぎた十二月二十四日、年越しの買出しで外出していた雅が慌しく駆け戻って来た。風の部屋に押し入り、

「み、水野の殿様が亡くなったそうよ」

と、訃報を告げる。

「えっ」

風は即応し、顔を曇らせた。

「三日前、十二月二十二日のことだそうよ。今年の三月頃から具合が悪くなり、夏には持ち直したらしいけど、十二月になって悪くなったそうよ。まだ二十五歳の若さよ」

相変わらず雅の耳は速い。

水野勝長が幕府より結城埋蔵金発掘の密命を帯びていたのは明らかだった。

(埋蔵金の手掛かりに近付いたから暗殺《ころ》されたのでは…)

風の想像は飛躍するが、確証はない。

沈思黙考していると、雅が不意に言う。

「あ、そうそう、水野家のお屋敷から出て来る其角さんを見たわ」

「えっ」

「其角さんて、水野家と関わりがあるの?」

「下総結城の早見家は大店だし、次郎左衛門さんは俳人としても名の通っているから、そのお師匠さんともなれば、お付き合いもあるんじゃない」

結城藩邸のある神田橋と其角が屋敷を構える茅場町とは半里と離れていない。交流があってもおかしくはなかった。

「まあ、そうね」

風は一応、納得するが、何か違和感を持つ。

「ねえ、水野のお殿様の死に不審なところはなかったの？　毒を盛られたとか」

それが知りたい。

「そんなこと私にわかるはずないでしょう」

雅は鰾膠《にべ》もなく即答したが、

「あっ」

何をか心に浮かんだ。

「道璵さんならわかるかも」

「ああ」

風は雅の思い付きに膝を打つ。

「確かめに行こう」

すべきことは決まっていた。

「えっ、上総へ行くの」

雅は慌てる。

が、風は中久喜城がどうなったのかも知りたかった。

三

一月八日、雅と颪は再び上総へ行く。

陽も随分と温かくなり、足取りも軽く、少しゆっくり目に歩いても五日で下総結城に到着した。

まずは中久喜城を見に行く。

水野家は喪に服し、正月も慎んで過ごしていた。

しかし、颪が金光寺山門の和歌の謎を解いてからおよそ三ヶ月、当主だった勝長が死んでも財宝の探索は続いている。

「公儀も中々しぶとい」

颪は感心するが、

「ここにもなかったか」

それは確信に近かった。

「えっ？　でも、まだ探しているわ」

雅は合点がいかない。

「発掘する人夫の数が減っているわ。もう探し尽くしたのよ。公儀が諦め掛けている証拠《あかし》だわ」

風が自ら解いた金光寺山門の和歌の謎は外れたが、悔しさより、

「まだ宝は見付かっていない」

そのことが嬉しくて目を輝かせていた。

そして、一つの可能性を見出す。

「水野のお殿様は中久喜の城の他に何か摑んだのかも知れない」

「とにかく、道瑛さんに会いましょう」

雅は風を後押しするように促す。

道瑛は相変わらず淡々と姉妹に相対した。

「水野のお殿様は何故、死んだの？」

風も相変わらず前置き一つなく、切り出す。

道瑛は薄く笑った。風の真っ直ぐさを小気味良くさえ感じる。

ありのままを話してくれた。

「私はこの結城にいたので、直には診ていないが、ご様子は聴いている。三月に患われたが、六月にはご本復された。それが十二月になって急変し、江戸で身罷《みまか》られた」

「何が悪かったのですか？」

雅が問い掛けた。

「江戸の侍医は良くわからないと言っている」

「毒を盛られたとか」

風は際どいこともさらりと訊く。

「毒味役が障りなしと確かめた料理しか召し上がらない」

道琪は毒殺の可能性を否定した。

風は得心する。勝長の死はただ寿命が尽きたということか。

「何か変わったことはなかったの」

風は勝長の死に拘り、尚、訊き込む。

「変わったこと？」

道琪は考える。

「そうだな。変わったこととは言えぬかも知れぬが、殉じた者の中に賄い方がいた」

聞き知った些細な一事を告げた。

「えっ？」

風が声をあげる。

「賄い方の一人だ。大川の畔に草履が揃えられて書き置きがあったそうだ。己れが手を掛けた料理で先代が亡くなられたことに責めを感じて入水したようだ」

「自害か」

　そのことが風の心に引っ掛かった。

（賄い方が殿様の死に関わった。殿様はお宝の謎に迫ったから。どのようにして殺したのか。殿様は何を知ったのか。殿様は誰にも話さなかったのかな）

　気になった。

「お殿様が最も信頼されていた御家来衆は誰？」

「織部殿だな。結城の城の再興を任されている」

　道璵は宿老、織部正長福の名を挙げる。勝長の諱《いみな》を下賜されるほどの股肱《ここう》だった。

「どのような方ですか？」

　雅が訊けば、

「殿（勝長）と同じく水野家の祖、勝成公の御曾孫だ。然れど、歳は五十路過ぎて父子近くも離れている。水野宗家が無嗣断絶の危機に立たされた元禄十一年、織部殿始めご家老衆の奔走で勝成公の末子、勝忠公の二男、勝直公の長男、勝長公、つまり、今の殿を当主に迎えて名跡を継がせ、辛うじて御家存続を果たした功臣の一人である」

と、道瑱は評する。

「御家存続にはかなり無理したわね。それだけ利け者か」

風は歯に衣着せず言い、

「な、何て言い方するの」

雅を焦らせた。

だが、長福に興味を示している。

「会えるかな」

と、控えめにねだった。

道瑱は苦笑し、

「口利きの書付を持って行くが良い」

と、懇篤に請け負う。やはり真っ直ぐな風が気に入っているようだ。

「ありがとう」

風は素直に感謝した。


雅と風は道瑱の紹介状を持って水野長福の屋敷を訪ねる。

長福は当たり前だが、務めに出ていた。勝長が死んでも結城城の再興は続いている。

その指図で日々忙しい。

雅と風は長福が帰るまで待った。

帰って来たのは日が暮れた後である。

雅と風は頭を低くする。

「水野織部だ」

長福は上座に腰を下ろした。

「松尾芭蕉の娘、雅と風にございます。此度はお忙しい中、押し掛け、恐れ入ります」

雅が如才なく挨拶する。

「疲れている。まだ夕餉も取っていない。手短に願おう。訊きたいことがあるとか」

長福は急かした。

姉妹も堅苦しい武家屋敷に長居はしたくない。早速、雅が、

「結城家の埋蔵金について先代のお殿様から何かお聴きになっていませぬか」

と、訊いた。

それにしても雅にしては遠慮のない、不躾な切り出しだった。遠回しにして後から本題を告げると返って不興を買う恐れもあり、何より長福が手短に、と言っている上は単刀直入が良いと判断したからである。

然して、長福は眉間に皺を寄せた。気に障る。俳聖の松尾芭蕉の娘とはいえ、江戸の町人などに主君の言動を問われる謂れはない。

だが、

「道璵の文に書いてあった。金光寺山門の和歌の謎を解いたそうだな」

そのことを長福は評価している。

ならば、

「殿は患われる前、結城晴朝公は諸事、膳所主水《ぜぜもんど》なる家来衆に託されたと聞いた、と仰せになった。その者を探すよう儂に命じられた……」

と、話して、暫し言葉に詰まり、

「それから一月も経たずに亡くなられた」

と、言い足した。

雅と風は息を飲む。

(やはり殺されたのか)

二人共、そう思ったが、長福の前では口に出せなかった。

長福は続ける。

「儂は膳所主水を探した。が、結城の家中に膳所主水という家臣はいなかった」

「晴朝公が亡くなられて九十年、その膳所主水さんも亡くなっていたのですね」

雅は納得するが、

「いや、かつてもいなかった」

長福の発言に雅と颪は目を丸くして驚いた。

「御家来衆として名が残っていないということですか」

雅が訊く。

「そうだ」

「晴朝公の隠密だから名を記さないとすれば、得心できますね」

「そうとも言える。が、確証はない。調べたが、杳として摑めぬ」

「そのことは先代のお殿様に知らされたのですか」

「伝えた。先代は御自らも調べてみると仰せだったが、それから程なく……」

雅と颪は目を見合わせた。益々暗殺の臭いがする。

案の定、長福はじめ水野の家来衆は勝長から膳所主水なる人物の行方を託されながら、手掛かりさえ摑めず八方塞がりになっていた。

長福は雅と颪が立ち塞がる壁を切り崩してくれるような気がして打ち明けたのである。

（行き詰り、藁をも摑む思いで、膳所主水という秘事を私たちなんかに明かしたよう

ね）

風は長福の心を読み解き、訊いた。

「膳所主水という人のことを私たちに探れと仰っしゃるのですね」

「さて、そのようなことは申していないが…」

長福は惚ける。

（私たちに解き明かさせて、横取りするつもりでなければ、話すはずがない）

見え透いている。

（良いでしょう。乗ってやる）

そう決めたら、

「さて、お疲れのところ、お邪魔しました」

風は立ち上がる。

「姉さん、帰るわよ」

と、促して、屋敷を出て行った。

第六章　毒ならぬ毒

一

雅と風は上総から深川に戻る。

江戸は風が強いが暖かさを帯び、梅の蕾が綻び始めていた。

春の麗らかな時候にもかかわらず風は猪兵衛の家の奥に籠もって考え耽る。

(膳所主水とは何者?)

晴朝の代の人物であれば、今、この世にいるはずがない。

(お宝の在り処を誰かに伝えているはずよ)

その人物を探し出せば、財宝が埋蔵されている場所がわかるというものだが、

(とにかく、膳所主水という人の足跡を追わなければ、わからない。結城晴朝の後を継ぐ者なら知っているか)

原点に帰り、地道に辿ることにした。

事情通の姉が頼りになる。

凪は雅に、

「結城家のその後を知りたい」

と、いつものように気兼ねなく訴えた。

「結城家ね…」

雅は首を捻る。

「忠直公が松平の姓を名乗るようになって、結城家は終わったと言われているけど…」

「晴朝公はお宝のことを誰かに伝えているはずよ」

「膳所主水という人じゃないの」

「その足跡がわからない」

「行き詰まりね」

「だから、結城の殿様のことを掘り下げるしかないのよ」

「結城の殿様か。もう無くなってしまった家だからね」

「昔のことで良いのよ。奥州からお宝を持ち去った頃とか」

「わかった。結城晴朝公のことから調べてみましょう」

結城家系譜の調べは容易についた。

雅は帰って来るや、手荷物を投げ出して直ぐ俯伏せになり、

「ああ、疲れた。肩、揉んで」

と、要求する。

「えっ、私が？」

凧は口を尖らせて不平を漏らした。

「当たり前でしょ。あんたのために結城家のこと調べたんだから」

雅に言い込められる。

「えっ、もう調べ上げたの？　一日で？」

「私を誰だと思っているのよ」

凧は気付けば、腰を下ろして雅の肩を揉み始めていた。

「もっと強く」

雅は注文が多い。

凧は力を込め、急かすように揉んだ。

「結城晴朝公は秀康公が越前に封じられた時、一年遅れて移ったらしいわ。慶長十二

（一六〇七）年に秀康公が亡くなり、後を継いだ忠直公は松平姓を下賜されると、結城の名を捨てたのよ。晴朝公は権現（徳川家康）様に懇願して秀康公の五男、直基公の養育を任してもらい、何とか結城の名を残したの。その直基公も、その跡継ぎの直矩公も亡くなり、今は基知公の代ね」

「その基知さんが知っているってこと？」

風が訊くと、雅は懐から紙切れを取り出し、

「これを見て」

風は手を休め、紙切れの文字を読んだ。

直基一代で三度、国替えされている。

次の直矩に至っては、五度も移封されていた。

雅は直基について語る。

「慶長九年（一六〇四）年に秀康公の五男として生まれ、晴朝公に養育され、同十二年に結城家の家督を相続した。同十九年、晴朝公が他界し、その隠居料五千石を相続する。寛永三（一六二六）年から松平姓を称したけど、家紋は結城巴を変えず、祭祀を継承した。その後はそこに書いてある四度も国替えを命じられ、姫路に移った二ヶ月後、四十五歳で亡くなられた」

「国替えばかりだ」

風は気の毒に思う。

雅は次に直矩の生涯を話す。

「直基公の後を継いだ直矩公も五歳で家督を相続したけれど、姫路は西国の要地であるため、幼少では不適当とされ、翌年、越後国村上へ国替えとなったのを始め、四度も転封され、元禄五（一六九二）年に陸奥白河へ移され、今に至り、基知公が継いでいる」

「何という仕打ち、引越し大名じゃない」

風の驚きの表現に、

「その通りに呼ばれていたわ」

と、雅は相槌を打つ。そして、

「酷いでしょう。これだけ替えられたら費えも相当なものよ」

核心を衝いた。

「公儀は国替えを重ねて、お宝を移すところを捉える。もしくは、財を使わせて出所を探る」

風は、そう思えてならない。

「けど、当代の殿様になってから九年、国替えになっていないわ」

雅の言う通り基知の代になってからはまだ一度も移封されていない。

「公儀は諦めた？　いえ、白河にあるという確証を得た？」

風は思考を巡らせた。

雅は、手荷物から一冊の書物を取り出し、差し出す。

「日記？」

「そう。直矩が書き残した日記よ。お宝のことが隠されているかも知れないわよ」

「うん」

風の目が俄かに輝いた。

風は一日中、眼鏡を掛け放しで結城直矩の日記を読み通す。

万治元（一六五八）年から元禄八（一六九五）年までの政務を始め、本家の騒動に巻き込まれたことや日々の暮らし振りまで書き記されていた。

特に、歌舞伎、浄瑠璃、能など演芸見物の記録は後世へ伝えられるに足る詳らかさである。

国替えについては感心するばかりだった。

「良く、ここまで辛抱したものね」

しかし、

「お宝の手掛かりになりそうな記事はない」

何度、読んでも見付けられない。

「白河か」

気に掛かる地名があった。

「父様と曾良さんが立ち寄っている」

風は奥の細道と曾良日記に何度も目を通しているが、見落としはないだろうか。

奥の細道を辿る旅では平泉と結城に注目して、白河はほとんど素通りだった。

「旅定まりぬ、と書いているわね。白河を越えたら奥州、伊達の懐に入るから気を引き締めなければならないと自らに言い聞かせたのかな」

ここに来て覚悟が決まったということか。

芭蕉が白河で一句も詠んでいないことは既にわかっていた。

「曾良さんが詠んだ句は…」

卯の花を　かざしに関の　晴着かな

「竹田大夫は白河の関を通行する時、能因の歌に感じ入り、装束を着替えたが、父様と曾良さんは着替えがないので、せめて真っ白に咲いている関の卯の花を簪にして通ろう、てことだけど、これもやっぱり手掛かりになりそうな言葉はない」

思考を切り替える。

「父様と曾良さんが会った人は？　中町左五左衛門と大野半治か。今、どうしているかしら」

雅が戻ると、直矩の日記と奥の細道、曾良日記を照らし合わせて読み解いた考察を話し、中町左五左衛門と大野半治という人物について、

「調べられる？」

と、訊いた。

風は雅の調査能力を高く評価している。どのような伝手を使っているのかはまだわからない。しかし、

(世の中の表にも裏にも通じているような人脈がある)

雅にしても、

(風は私の裏の顔に気付いている)

そのことを見透かしていながら、知らぬ振りして笑みを溜め、

「わかった。調べてみる」

快く請け負う。

雅にとって諸藩の事情を調べることなど雑作もない。

三日と掛からなかった。

「まず、父様と曾良さんが訪ねた頃の白河藩のことを話すわね。父様と曾良さんが白河に立ち寄った時のお殿様は松平下総守（忠弘）という御方だった。奥の細道の旅から三年後、そのお殿様の世継ぎを巡って家老の奥平金弥と黒屋数馬が争い、騒動になったというのよ。お殿様は収め切れず、公儀に咎められて出羽の山形に国替えされ、今はもう白河にはいないわ。御家騒動で御家来衆は二つに分かれ、負けた方は九十三人、皆、脱藩したのだけど、その中に大野半治がいたのよ。四百五十石取りの物頭だったらしいわよ」

「えっ」

風が思っていた以上にきな臭い人物だった。

「どこへ行ったの」

それを知りたかったが、雅は首を横に振る。

「わからない。生きているか、どうかも定かでないわ。けど、結城のお殿様が白河に移る前のことだから、お宝には関わりないわね」

断言し、風を失望させた。

二

結城埋蔵金探しは混迷している。

風が塞ぎ込んでいると、猪兵衛が帰って来て、

「風ちゃん、これでも食べて元気出しなよ」

籠を差し出して見せたのは、

「卵」

であった。

横から雅が目を輝かせて、

「どうしたの」

と、訊く。

雅は珍味に目がなかった。

「杉風さんに頂いたのさ」

「そう。さすがは大店の杉風さんね。卵なんてお高い食べ物も手に入るのね」

「さて、どうしようか。私は初めてだ」

猪兵衛は食べ方を知らない。

「そうね。卵ふわふわ、かしら」

雅は食べたことがある。が、

「作り方は知らないけど」

それがわからなければ、どうにもならない。

すると、

「何とかなるわ」

風が卵の入った籠を引っ手繰った。

「あんた、食べたことあるの？」

「ないよ」

「なら、どうして作り方がわかるのよ」

「本朝食鑑に書いてあった」

元禄十（一六九七）年に人見必大が著した十二巻にも及ぶ食の集大成である。

「気になったから憶えている」

と風は事もなげに言った。

沈んでいても、変わったことがあると興味が湧く。

猪兵衛と雅は目を見合わせて頷いていた。

風は本朝食鑑の他にも時の料理本も読み尽くしている。

寛永三（一六二六）年に後水尾天皇が二条城へ行幸した際に饗応されたとあり、寛永二十（一六四三）年の料理物語では、卵ふわふわ、と呼ばれる料理が書き残されていた。

そして、食鑑では精のつく食品として著されている。

風は料理に取り掛かった。

料理物語に出汁《だし》の取り方が書かれている。まず、鰹節で出汁を取り、醤油、塩、酒と合わせて鍋に入れて火に掛けた。

汁が煮立つまでの間、卵を器に割り入れ、箸で掻き混ぜて泡立てる。

鍋の汁が煮立ったら溶き卵を流し込んで蓋をした。

程なく蓋を取り、卵が膨らんでいたら火から下ろす。

「出来たわ」

風は猪兵衛と雅に鍋の中を見せた。

「おお」

「うわ〜」

猪兵衛と雅は感嘆の声を上げる。

「食べましょう。食べましょう」

雅は待ち切れない。

奪うように鍋を引っ手繰り、杓子で椀に取り分けて猪兵衛と風に渡し、

「頂きます」

箸で卵を掬い、口へ運べば、たちまち顔が綻ぶ。

「う〜ん、これこれ。私が食べたのと同じ味よ。良く、この味が出せたわね」

風を褒め千切る。

「どれどれ」

猪兵衛はもう溜まらなかった。

卵を掻き込む。

「う、美味い」

舌鼓を打ったのも束の間だった。

ぽとり、と椀を取り落とす。

「どうしたの？」

雅が訊くと、猪兵衛は泡を吹いた。

床に倒れ込み、顔を歪めて苦しむ。

「どうしたの？　どうしたの？」

雅が訊いても応えられない。

「好斎先生、呼んで来る」

風は慌てて家を飛び出した。

そして、四半刻後、老医師を連れて戻る。

好斎は寿を看取った医師であった。

猪兵衛は真っ蒼な顔で、ぐったりと横臥っている。

好斎は寄り添い、脈を診た。

「卵を食べた後、泡を吹いて苦しみ出したそうな」

道々で風から聴いている。

「枕を」

「は、はい」

雅が枕を持って来ると、好斎は猪兵衛の頭ではなく、足に添えた。さらに、顔を横に向ける。

「頭へ血の流れを良くし、吐き気に備えるためだ」

と、好斎は説明した。

「とにかく、静かに休ませるしかない」

それしか手がない。

「猪兵衛さんは初めて卵を食べたと言ったたな。猪兵衛さんの体には卵が合わなかったのかも知れないな。食物は人によっては毒になる。二度と卵を食べさせないように」

と、好斎は言い付ける。

安静にさせるしかなく、好斎は引き揚げた。

「私の所為だ。私が卵料理なんて作らなければ…」

風は猪兵衛の枕元に座り続け、肩を震わせて己れを責め続ける。

「あんたの所為じゃないよ」

雅は風の肩を抱き、宥めた。

「猪兵衛さんが死んじゃったら」

風の目から涙が溢れる。

「死なないよ。猪兵衛さんが死ぬはずないじゃない」

雅は心から猪兵衛の生命力を信じ、風に言い聞かせた。

だが、猪兵衛は苦しみ、魘《うな》されるばかりで中々良くならない。

雅と風は猪兵衛に水を飲ませたり、汗を拭いたり、昼夜、健気に看病する。

その甲斐あって、翌朝、猪兵衛は目を醒ました。

まだ少し苦しそうだが、息は荒くない。

「雅ちゃん…風ちゃん…」

雅は転寝《うたたね》していたが、猪兵衛の声に気付く。

「猪兵衛さん!」

名を呼び、風を揺り起こす。

「う〜ん」

風は瞼を徐《おもむろ》に開き、眼を擦り、

「猪兵衛さん!」

声を上げた。

「ど、どう? 気分は?」

「ああ、昨日よりは大分、良いよ」

猪兵衛に笑みが戻った。

「ご免なさい。ご免なさい」

風は泣きじゃくる。

「何で謝る」

猪兵衛は首を傾げた。

「私の作った料理の所為で、猪兵衛さんが大変なことに」

風は悔いても悔い切れない。

「何を言っているんだい。風ちゃんの所為じゃないよ」

猪兵衛は慰めるが、

「ご免なさい。ご免なさい」

風は謝り続けた。

「何はともあれ、猪兵衛さんが回復して良かったわ」

雅は胸を撫で下ろす。

「あっ」

風は何やら思い付く。

「食物は人によっては毒になる」

頭の中で縺れた糸が解けようとしていた。

風は自らの考えを確かめるように雅へ話す。

「水野のお殿様に毒が盛られた跡はなかった。そうだよね」

「道琠さんがそう言っていたじゃない」

「卵だって毒ではない。けど、猪兵衛さんは苦しんだ」

「あんた、何が言いたいの」

「水野のお殿様は体に合わない食物を料理に仕込まれた。毒ではないから、お毒味役がいくら優れていてもわからない」

雅は目を眇め、察した。

「水野のお殿様が食あたりしたことがなかったか。調べる、ってことね」

と、質せば、風はこくりと頷く。

風は晩冬に、ほとんど寝ずの看病で風邪を引いたか。咳をしていた。顔色もあまり良くない。

「あんたは寝てなさい。私が調べて上げるから」

雅は言い付ける。

「大丈夫よ。私も行く」

風は望むが、体は気懈そうだった。

「無理しないの。確と調べて来るから待ってなさい」

姉は妹を説き伏せる。

三

雅は調べに出た。

勝長がかつて食であたったことはないか。

(道琠さんなら知っているか)

と、思うが、結城には行って来たばかりだった。

勝長が死んだ時には文では道琠に対し礼を失すると思い、わざわざ結城へ足を運んでいる。此度は勝長の過去の病歴を訊くだけなので、文の遣り取りで済みそうだが、微妙な内容のため飛脚は使えない。

それでも、雅は結城へ行かずして江戸にいたまま状況を把握することができる。

「三月に具合が悪くなって三ヶ月ほど臥せったってことは道瑛さんから聴いた通りよ」

「水野のお殿様が結城に入ってから三年、その間、他に病は？」

風は踏み込む。

「元々体が弱かったらしいわ。いつも調子悪そうにしていたみたい。百年もご領主がいなくて衰廃した結城の立て直しは相当なご苦労だったでしょうね。心休まる日もなく、体を壊されるのも無理はないわ」

「結城の立て直しばかりではないでしょうね。お宝探しを公儀に急き立てられ、心に重く圧し掛かった」

「それは大きいでしょうね」

「ともかく、この三月に寝込まれるまで大きな病はなかったのね」

「ええ、そう聴いている」

雅が応えて話は途切れた。

風は沈思する。

（結城の殿様になって三年、大した病に罹ってはいない。それが、この三月に患い、三ヶ月で癒えてもまた十二月に倒れ、そのまま亡くなった。まだ二十五歳の若さで）

考えれば考えるほど解せなかった。

「結城に来る前はどうだったのだろう」

それが気に掛かり、颪は声に出す。

「道瑣さんに文を送ったけど、返書では知らないと言っている。道瑣さんはお殿様が結城の藩主になられてから御家中に加わったので、それより前のことはわからないって」

と、雅は即答した。

「それより前のことを知っている人と言えば」

「道瑣さんは織部さんに訊け、と。今、江戸にいらっしゃるって」

水野家の家老、織部正長福であった。

雅と颪は下総結城で一度、会っている。

「よし」

颪は思い立ったらじっとしていられなかった。

しかし、

「私一人で行って来る」

と、雅は言う。

「どうして、私も行くよ」

颪は言い募るが、

「あんたは風邪が治り切っていないじゃない。風邪を拗らせて死んだ人だって結構いるのよ。侮ってはいけないよ。ここで静かに待っていなさい」

と、雅は言い付けて、すぐに家を出た。


雅は麻布坂下の水野家下屋敷を訪ねる。

長福は多用にて待たされたが、面倒がらずに会ってくれた。

「先代のお殿様は下総に移られる前に食あたりされたことはありませんでしたか」

雅はずばり訊いた。

長福は頷き、

「忘れもしない」

記憶を振り返る。

「能登羽咋郡西谷のご領主だった頃、饂飩《うどん》なる珍しい食べ物が手に入り、召し上がられて大層、苦しまれた。然れど、饂飩は毒見役が口にしても何ら障りはなかった」

「饂飩？」

「然様。幸い殿もご本復されたが、それ以来、先代の御膳に饂飩は禁物となった」

その事実は雅にとって大きな収穫だった。

風は家に帰る道すがら思い耽る。

（饂飩と言えば、ほとんどが麦の粉だわ。饂飩にしたら見れば、わかるけど、麦の粉のままならわからない。麦の粉なら毒ではないから毒味役もわからない。関東では麦が育ちにくく、あまり食べないから、これまでお殿様の口に入ることがなかった）

下総結城藩主、水野勝長は埋蔵金の秘密の解読に近付いたため亡き者にされたと見て間違いなさそうだ。

その勝長が生前、重臣の長福に告げた埋蔵金に繋がる膳所主水とは何者か。

（膳所主水は結城の大殿様から諸事任せると言われるくらいだから、譜代と思って良いでしょうね。譜代と言えば、結城に残った十人衆だわ。その人そのものは昔の人だろうからともかく、家柄は知っているはずよね。早見の次郎左衛門さんにはつれない仕打ちをされたけど…）

嫌な思い出だった。

それを打ち消すように、

（次郎左衛門さんは其角さんのお弟子だわ。其角さんは水野家と付き合いがあり、屋敷に良く出入りしているらしいわね。結城のお宝を追っている私たちの様子をちょくちょく探りに来ていることも気になるわ）

雅の思考は先走る。
(当たってみよう)
其角に突っ込みを掛けることにした。
御旅所を通り過ぎ、宝井邸を訪うた。
雅は茅場町へ向かう。
「よし」
雅が気を引き締めて問い掛けようとした時である。
不意に門戸が開く。
中から出て来たのは其角と三十路半ば頃かと思われる小太りの福相の男だった。
(どこかで見たことが…)
雅は福相に見覚えがある。
其角は福相を見送り、ふと首を傾け、
「おや」
雅の姿を見付けた。
雅は愛想良く会釈する。

「これは、これは、雅さんから会いに来て下さるなんて嬉しいかぎりです」

其角は殊更に喜ぶ。態とらしくもあった。

「お邪魔ではなかったですか」

雅は福相の後ろ姿に目を流し、遠慮の体を示す。

「いえ、いえ、もうお帰りになるところでしたので、お気遣いなく」

其角は親しげに言ってくれるが、

「あの方は」

雅は福相のことが少し気になっている。

「ああ、紀文さんですよ」

其角が告げた略称を知らぬ江戸衆はいなかった。

「紀伊国屋のお大尽」

雅は大物商人に図らずも出交わしたことに驚く。

(そう言えば、其角さんは紀文の大尽と付き合いがあると聞いていたわ)

然れば、俳壇の重鎮と大物商人に如何なる接点があるのか。

「随分と親しいようですね」

探りを入れてみた。

「ああ、紀文さんは千山の号で俳句を詠みます。此方にもしばしば出入りされています。今日も私に作句を見て欲しいと、お越しになりました」

其角はありのままに応える。嘘は言っていなかった。が、

「何を求めているのか」

ぼそりと呟く。目が笑っていなかった。

俳諧の極みを〝求めているのか〟とも取れる。

雅はそうは思わない。

(紀文は其角から何かを盗み取ろうとしているのではないか)

確信はないが、外れてもいないと考えていると、

「私に何かご用でしょうか」

其角に問い掛けられた。

「伺いたいことがあります」

雅は率直に来意を告げる。

「ほお、何でしょうか。まあ、ここでは込み入った話もできないでしょう。さあ、中へどうぞ」

其角は雅を邸内へ迎え入れた。

四

雅は客間へ通され、其角と向き合う。

「水野のお殿様が亡くなりました」

と、切り出した。

「水野のお殿様？　下総結城の水野隠岐守様のことでしょうか」

其角は白々しく聞き返す。

「はい」

雅が応えると、其角は頷き、悲しげな顔をして、

「残念でなりません。隠岐守様は俳諧を愛され、早見次郎衛門さんを取り立て、私にも目を掛けて頂きました」

目に涙まで浮かべていた。

雅は内心、白けている。其角の悲嘆は見え透いていた。その本音を隠し、

「水野のお殿様はどうして亡くなったのか、わからず終《じま》いと聞きます」

本題に入っていく。

「ええ、それがわからなければ、奥方様も悔やむに悔やみ切れないでしょう」

其角は尚もしおらしいことを言い募る。

「毒ならぬ毒」

雅は核心を衝いた。

「毒ならぬ毒？　はて何ですか」

其角は惚ける。

「ただの食物でも人によっては毒になることがあるのではないか、ってね」

さらに切り込むと、

「そんな、訳のわからないことを」

雅は其角の目の色が変わっていることを見て取った。

「そうですよね。埒《らち》もないことを申しました。お忘れ下さい。しかし、ここでは、
と、引く。

そして、其角に肩透かしを食らわせたところで、

「早見次郎左衛門さんは其角さんのお弟子さんでしたよね」

別の角度から追及しに掛かる。

「え、ええ、そうですが……」

其角はそう応えるしかなかった。

「早見家は鎌倉以来の名門で源氏の血流、結城家の御譜代で国替えの折、下総に残った十家の一つに数えられる名家でしたよね」

「そう聞いています」

「十家の他に結城家の後事を託された膳所主水さんて、ご存知ないですか」

「さ、さあ、私が知るはずもない」

「次郎左衛門さんから伺ってはいませんか」

「ええ、何も」

「そうですか」

雅はここで攻め手を弛める。

「御無礼仕りました」

と、頭を下げて立ち上がり、

「お手間を取らせました」

謝して客間から出て行った。

其角は呆気に取られたが、直ぐに真顔となる。

その心を抑えて雅を追い、玄関で、

「お気を付けて」

言葉を掛けて見送った。


雅は其角に喧嘩を売った。

結城埋蔵金の秘密を知ると目される其角は善人然として知らぬ顔をしていた。

手掛かりになるような動きを少しもせず、尻尾の先さえ摑ませない。

(ならば、動かすまでよ)

雅は賭けに出た。

其角の痛いところを衝き、対処に動くよう仕向ける。

雅は自らを囮とし、襲い掛かって来た時、即応して引っ捕らえる策であった。

敢えて人気のない道を選び、襲いやすくして誘う。

自らも警戒して道を行く。

嘆息した刹那、

「うっ」

雅は延髄に衝撃を受け、意識を失う。

援護に恃んだ人数は悉く葬りさられていた。

第七章　團十郎死す

一

雅が調べを始めてから五日が過ぎた。

風も好斎の煎じた薬湯が効き、回復している。

しかし、雅が帰って来ない。

夜遊びはしばしばある。家を空けることもあったが、必ず言い置いて出掛けていた。

「雅ちゃん、今日も帰らなかったな」

猪兵衛も案じている。

「私が調べを頼んだ所為だ」

風は気に病む。

「風ちゃんの所為じゃない」

猪兵衛は慇懃に宥めた。

「探しに行く」

颪は堪らず家を飛び出そうとする。

猪兵衛が立ちはだかり、押し止めた。

「どこを、どう探すのさ。当てもなく探すのは病み上がりの体に良くない。それにもし、雅ちゃんが拐かされたのなら、颪ちゃんも出歩くのは危うい。結城の殿様がどうして死んだか。雅ちゃんがいなくなったのは調べ始めたからじゃないのか」

颪は八方塞がりとなり、歯噛みする。

(姉さんが危うい。どうしたら)

悩み抜いた末、

「そうだ」

目を大きく見開き、

「姉さんは何かあったら團十郎さんを頼るよう言い置いていた」

思い当たる。

「木挽町へ行ってみる」

そう猪兵衛に言い残し、外へ出た。

風は、はあ、はあ、と息を荒らげて、森田座の楽屋に駆け込む。

雅を通して森田座の関係者を見知っている。

「今、舞台だ。待っていなさい」

團十郎の弟子の團四郎が、すんなり通してくれた。

この頃の歌舞伎は一日掛けて序幕から大切まで通して上演される。

そわそわと、

「まだ終わらないの」

時間が長く長く感じられた。

やがて、芝居が終わり、團十郎が楽屋に下がって来た。

「だ、團十郎さん」

風が声を掛けると、團十郎は振り向き、軽く頷く。

「雅ちゃんが家に帰ってないようだな」

知っていた。芝居が終わったばかりで疲れているにもかかわらず、

「探しに行こう。心当たりがある」

と、言う。

「えっ、本当」

風の顔に赤みが戻った。

「ああ」

團十郎は力強く頷く。

風は涙が出そうになった。

「どうして、そんなに――」

厚意を示してくれるのかわからない。

團十郎は片頬を歪め、

「雅に惚れているからさ」

臆面もなく応えた。

「えっ？」

呆気に取られる風を、

「さあ、行くぞ」

團十郎は力強く促す。

「う、うん」

風は團十郎の援けを借りて雅の捜索《そうさく》に乗り出した。

團十郎は北へ向かう。

その早足に風は付いて行きながら、

「どこへ行くの」

と、訊いた。

「牛島が怪しい」

と、團十郎は言う。

牛島とは大川（隅田川）東岸、大川の向こうだからのちに向島と呼ばれる地域の北西の一角であり、柳島や寺島、京島、亀島、大島といった土地に隣接していた。

「牛島って、どうして、そう思うの？」

風は根拠が知りたい。

「勘だ」

「えっ、それだけ」

「それだけだ。俺の勘は良く当たる」

團十郎は情報源を明かさなかった。

風は呆れて團十郎の顔を一瞥する。

(違う。團十郎さんは勘ではなく、当てがあるんだ)

頷き、

「わかった。團十郎さんの勘を信じる。何の当てもないしね。で、相手がわからない。危ない連中に違いない。猪兵衛さんも呼びましょうか」

「いや、風ちゃんと俺の二人で行く。人数が多いと、覚られる恐れがある」

「そ、そう」

風が不安そうにすると、

「もしもの時は俺が楯になって風ちゃんを逃がす」

團十郎は頼もしく請け負う。

團十郎と風は小伝馬町から横山町へ、両国橋を渡って夕暮れの川沿いを駆けた。中之郷（吾妻橋）で源森橋を渡ると風景は一変する。

水戸藩の下屋敷が幅を利かせているが、その向こうは田地が広がっていた。既に暗く、農閑期でもあり、人がいない。

「確かに、ここなら人を隠せる」

風は頷いた。

水戸藩下屋敷から程近く村社に至る。

「田中稲荷だ」

と、團十郎が社名を告げた。後の三囲神社である。

「十一年前、酷い旱魃で、ここらの人々は窮し、苦しんでいた。その時、宝井其角が、遊ふた地（夕立）や田を見めくりの神ならは、と詠み、その句を神前に奉った。すると、翌日、雨が降ったという」

凪は目を剝く。

「き、其角さんて、では、ここは」

これまで途切れていた糸が繫がるような気がする。

社から目を放せない。

「あまり見るな。敵に見られていたら怪しまれる」

團十郎は窘めた。

凪は慌てて目を逸らし、通り過ぎる。

團十郎はすたすたと田中稲荷から離れて行く。

牛島の外れに庵がある。

そこへ團十郎は入って行った。

中は六畳ばかりで天井板がなく、茅葺の屋根が剝き出しになっている。竹棒を渡し、屛風を掛けて落ちる塵を防いでいるという粗末な造りだった。後に五代目の團十郎がここを反故庵と称し、隠棲するが、役に立たない無駄なものとは言い得て妙である。

團十郎は、風に着衣一式を手渡した。

「これに着替えな。動きやすい」

團十郎の一言で、これからの展開を風は察する。

「彼方、向いていてよ」

娘らしさを出して恥じらい、着物を脱ぐ。

華奢で胸は小さいが、中々均整の取れた肢体の腹に綿布を巻き付け、黒い股引を穿き、袖なしの半被を羽織った。春先で夜は肌寒いが、確かに動きやすく、闇に同化できる。

團十郎も黒い軽装に着替え、短い木刀を腰に差していた。

「行くぞ」

風を促して外へ出る。

田中稲荷へ戻って行った。

二

田中稲荷の隣は越後長岡、牧野家の抱屋敷である。
團十郎と風は隣の弘福寺の物陰から屋敷を窺う。
「ここ？」
風は小声で訊いた。
團十郎は頷く。
息を潜めて待つこと暫し、夜目も利くようになった。
歩き来る人影を認める。次第に大きくなり、屋敷の門前で止まった。
團十郎と風は目を凝らす。
「あれは」
風は思わず声を出してしまう。見知った顔だった。
見えたのは半六である。
脇門が開き、中へ入って行く。
團十郎は周囲に人気のないことを確かめて風を促した。

屋敷に近付き、耳を澄ませて中の様子を窺う。

「屈め」

と、言う。

風は反射的に屈んでいた。

團十郎は右足で風の右肩を蹴り込む。

「うっ」

風は思わず呻いたが、

「えっ」

痛みどころか重みすら感じなかった。驚くべき身の軽さである。芸を極めた歌舞伎役者の真骨頂だった。

團十郎は高さ六尺（百八十糎強）ほどの塀の上にいる。

縄を投げ下ろし、風に、来い、と手招きした。

風は縄を摑み、團十郎に引かれるまま、塀を上る。

屋敷の庭には誰もいなかった。が、遠目に半六の後ろ姿を見る。

團十郎と風は飛び下り、植え込みなどで身を隠しつつ忍び足で半六を追った。

半六は土蔵に入って行く。

この屋敷は年貢の取り立てだけでなく、大川の舟運により寄せられた物資の集散にも使われていた。大名はそれぞれ家計が厳しく、遣り繰りに苦心している。

冬場を過ぎたばかりで蔵の中は寂しい。蔵は多いが、詰めている家来衆は少なかった。

團十郎と風は何人にも見咎められず、土蔵に近付く。

扉の隙間から光が漏れていた。

さらに近寄ると、中に幾人かの気配がする。

團十郎と風が聞き耳を立てようとした刹那、

「!」

不意に刃が及び團十郎は風の腕を引いて跳び退いた。

夜目を凝らし、見る。

鋭い眼光を放つ三十路絡みの武家が立っていた。

その顔に團十郎は見覚えがある。

「あんたは雨宮修理」

牧野家で七百石を食む上役の雨宮修理正頼だった。歌舞伎見物に来ていた時、半六から紹介されたことがある。

(やはり半六と繫がっていやがったか)

團十郎は木刀を抜き、風は身構えた。

「出合え」

修理が声を上げ、十人の家来衆が詰め間から躍り出る。

「ここは俺に任せろ。早う姉ちゃんを助けに行け」

團十郎の指図に風は頷き、土蔵の扉を開いた。

中へ入る。

次の瞬間、

「あっ」

斬り付けられた。

咄嗟に躱す。

風は闇の中、目を凝らし、刃の主を見据えた。

半六である。

さらに襲い掛かってきた。

風は関口流柔術よろしく凌ぎ、半六の短刀を持つ手を摑んだ。捻り投げる。

半六は逆らわず身を任せて投げられ、背から落ちることなく、地に足が着く。

「歌舞伎の修行は武芸と同じく厳しいですからね」

と、嘯くように殺陣の立ち回りの如く鮮やかだった。

そして、短刀の捌きも目覚しい。

斬り付けは次第に迅さを増していく。

風は一撃目、二撃目こそ反撃できたが、如何せん体力がない。三撃目からは躱すだけで精一杯だった。

外の團十郎も歌舞伎を舞うように家来衆の斬撃を凌ぎ、木刀を的確に急所へ繰り込んで次々と討ち倒していく。

然れば、残すは修理のみとなった。

だが、その最後の一人が恐ろしく強い。

牧野家は家臣に武芸を奨励し、修理は藩随一、一刀流の遣い手だった。

凄まじく放たれる気に圧されて團十郎は動くに動けない。

修理が前に出た。

一刀流の極意、切落を受けたら負ける。得物を切り落とされて死太刀となり、活太刀により仕留められてしまう。

團十郎はとにかく躱すしかない。

だが、完全には躱し切れず、皮肉を切り裂かれた。血飛沫が飛ぶ。
必死の身ごなしで致命傷は免れていた。
修理は達人の驕りか、團十郎を弄るのを楽しんでいた。故に團十郎は凌げていた。
それでも團十郎は肩で息をするようになり、動きも鈍っていく。
「何だ。もう終いか。詰まらぬ」
修理は團十郎の限界を見切り、鼻白む。
動きが格段に速くなった。
團十郎は避け切れない。
「そろそろ終わりにしよう」
修理は團十郎を仕留めに掛かった。
ついに刃が頭部に及ぶ。
(やられた)
團十郎が死を覚悟した時だった。
「うぐっ」
修理の方が顔を歪めている。
その右手首に苦無《くない》が突き刺さっていた。太刀を取り落として動きが止まる。

透かさず間に割って入って来たのは、曾良だった。

「遅かったじゃねえか」

團十郎は文句を言うが、九死に一生を得たのは確かである。

修理は優位に驕って曾良の気配に気付かなかった。

明らかに武術の技量で格下の相手に後れを取り、頭に血が上っている。

「付け上がるな」

昂揚したまま太刀を拾い上げようとしたが、その前に、

「あぐっ」

曾良の右拳が鳩尾に突き込まれていた。

修理は苦痛に顔を歪ませ、悶絶して崩れ落ちる。

徳川将軍家譜代の名門牧野家の家臣が不行状を繰り返した末、公儀隠密に懲らしめられた。牧野家の面目は丸潰れである。

この夜の事は闇から闇に捌かれ、公になることはなかった。しかし、牧野家は雨宮修理を赦しはせず宝永三（一七〇六）年、役儀等不相応に付き召放となる。

三

團十郎は曾良の助太刀を得て難敵を退けた。

曾良は満身創痍の團十郎の傍による。

「大丈夫ですか」

團十郎は確かに傷だらけだが、命に別状はない。

「俺は良い。それより凪ちゃんだ」

曾良を促して土蔵の中へ踏み込んだ。

果して、凪は苦戦している。

半六に攻め捲られていた。

「半六」

團十郎が声を掛ける。

半六が振り向いた。

その一瞬の隙に凪は素早く半六の右手を摑み取り、捻り投げる。

半六の体が宙に翻り、

「うがっ」

頭から地に叩き付けられて気を失った。

「はあ、はあ」

風は息が上がり、その場にへたり込みたかったが、

「姉さん」

雅を求めて、よろよろと土蔵の奥へ入り込んで行く。

團十郎と曾良も続いた。

燭の灯りに照らされて、人が横臥わっているのがわかる。

その横にも一人、座っていた。

「姉さん！」

風は目を見張って叫び、

「桃隣！」

その名を喚わる。

桃隣が喜色を浮かべて雅の裸身を描いていた。夢中で風に気付かない。

「お前も裏で動いていたのか」

風は駆け寄り、桃隣の左側頭部に右足蹴りを叩き込んだ。

桃隣は好色な顔のまま悶絶した。

雅を抱き起こす。失神していた。一糸纏わず、豊かな肢体を晒している。

「姉さん」

凪は抱き起こし、半被を脱いで雅に着せた。

雅は息をしている。

「雅ちゃんか」

團十郎が問い掛けて曾良と共に近寄る。

「来ないで!」

凪は声を荒らげて制止した。

雅は体中、擦り傷だらけである。何度も陵辱され、抗ったに違いない。

「姉さん、姉さん」

凪は何度も呼び、体を揺さ振った。

團十郎と曾良は間を置いて見守っている。

雅は薄っすらと目を開けた。が、意識は朦朧としている。と、思ったら、突然、

「うわっ、うわっ、うわっ」

暴れ出した。

そして、また、気を失う。

「余程、酷い目に遭ったんだな」

團十郎は痛々しく顔を顰めた。

「姉さん」

凪は涙が止まらない。

「帰りましょう。ここの連中が目を開けないうちに」

曾良が冷静に言い、着衣を脱いで雅を覆う。

蔵の屋敷であれば、荷車には事欠かない。

雅を載せて屋敷を出る。

「此奴《こいつ》はどうする」

團十郎は昏倒している桃隣を顎で指して凪に訊いた。

雅を辱めた憎き下衆である。凪にすれば、八つ裂きにしてやりたい。目を剝き、怒りの眼差しを向けて歯を軋ませるが、

「今はここから出ることが先よ。こんな奴、甚振《いたぶ》るのも汚らわしい」

そう言って桃隣を無視した。

辱められた雅を少しでも早く家に帰して清めてやりたい。

半六は縄で縛り上げ、團十郎が肩に担ぐ。

風たちは雅を救出し、牧野屋敷を出て行った。

源森橋を渡ったところで、團十郎が、

「ここで別れよう」

と、言う。

「此奴は俺に任せてくれないか」

肩に担いでいる半六の尋問のことである。

「こんな奴でも市村座の頭取だ。差し向かいで腹を割って話したい」

一座の不行状は一座で片付けたかった。

「早く家に帰って姉ちゃんを休ませてやりな」

と、風を促す。

確かに、それが最優先だった。

「半六から聴き出したことは必ず話す。明日、小屋に来てくれ」

そこまで言われたら仕方がない。

「わかった。團十郎さんの好きにしてよ。けど、明日、必ず話してね」

風は聞き分ける。

で大川に沿って南南西へ、それぞれ帰途に着く。


「必ず話す」

團十郎は確約した。

風と曾良は雅を載せた荷車を引いて三ツ目通りを南南東へ、團十郎は半六を肩に担いで大川に沿って南南西へ、それぞれ帰途に着く。


道々、風は曾良に訊ねる。

「牧野家もお宝探しに関わっているのかしら」

曾良は淡々と解説する。

「駿河守（牧野家当主忠辰）様その人はできた御方で評判は良いです。然れど、どんな藩にも邪な家来はいるものです。雨宮は家中の名門ですが、修理は悪い噂が絶えない。江戸の外れで、しかも冬場ですので、お殿様の目が届かないのを良いことに、修理が金を摑まされて勝手に土蔵を貸したのでしょう」

「そういうこと」

風は納得した。

「半六は隠岐守（水野勝長）様の死、そして、結城の財宝に関わっているに違いない。團十郎さんが聴き出してくれることでしょう」

曾良は断言し、期待する。

「そうね」

風も團十郎を信じて待つことにした。そうしたところで、

「曾良さんは公儀の隠密？　姉さんも、團十郎さんも？　違う？」

前からの疑問を切り出す。

曾良は、ぎくり、としたが、顔に出さない。

「眼鏡、使ってくれているのですね」

話を変えた。

「重宝しています」

風は礼を言う。

「で、どうなの？」

尚も突っ込んだが、曾良は口を閉ざした。

そうこうしているうち家に帰り着く。

「ま、雅ちゃん」

猪兵衛は変わり果てた雅を見て立ち尽くした。

「では、私はこれで」

曾良は立ち去ろうとする。

「明日」

風が呼び止めた。

「明日、一緒に團十郎さんの話を聴いてくれるのでしょう」

「ええ、必ず」

曾良は約束して猪兵衛の家に背を向ける。

四

雅が目を醒ましたのは翌日の午過ぎだった。

「姉さん」

「雅ちゃん」

風と猪兵衛は笑みを浮かべて喜ぶ。が、どこかおかしい。

「姉さん」

もう一度、風が呼んでも雅は反応しなかった。

それどころか視線が宙を彷徨っている。

雅の脳裡に悲惨な記憶が蘇りつつあった。何人もの男が入れ替わり立ち替わり雅の肉体を何度も激しく貫いた。

雅は跳ね起き、外へ飛び出そうとする。

「姉さんっ」

「雅ちゃん」

風と猪兵衛が押し止め、寝床へ引き戻した。

雅は仰向けになり、天井を見詰めたままぴくりとも動かない。

風の知る朗らかで闊達な雅ではない。

「姉さん」

俯き、歯噛みし、憤り、悲しんだ。

「頼みます」

そこへ曾良が現われる。

市村座で團十郎の出し物が終わる頃を見計らって訊ねることになっていた。

「曾良さん」

風は雅の傍で気付き、襖越しに応える。

「どうしたのですか」

曾良はいつもと違う様子を感じた。

風は今の雅を見せたくない。

雅の耳元に口を近付けて、

「行って来る。待っていてね」

と、囁いた。

(姉さんが体を張ってまで突き止めようとした絡繰《からくり》を無駄にしてはならない)

雅のため気を引き立たせる。

「姉さんをお願いします」

猪兵衛に託して土間へ下りた。

「曾良さん、行きましょう」

と、言って戸口で待っていてくれた曾良の手を引く。

風と曾良は外へ出た。木挽町に向かって歩く。

「姉さん、心、閉じちゃった」

涙が溢れ出た。

「…」

曾良は言葉がない。察して何も訊かなかった。

風と曾良は無言のまま歩き、木挽町に至る。


然して、風と曾良の雅を思う感傷は一瞬にして吹き飛んだ。

木挽町は人の群れでごった返し、市村座が蜂の巣を突いたような騒ぎになっている。

「何があったの」

風は目を見張り、訳がわからず、立ち尽くした。

「見て来ましょう」

曾良が言い、群衆の中へ押し入り、掻き分けて行く。

風は漸く群衆の中へゆっくりと歩を進める。

人、人、人を押し退け、やがて、目の前が開けた。群れから抜け出る。

すると、

「こちらです」

右手を摑まれ、引かれた。曾良である。

風は市村座の裏に連れて行かれた。

そこに、

「團四郎さん」

團十郎の弟子の姿を見付ける。

「どうしたんですか」

と、訊いた。

團四郎は顔を強張らせて歯噛みし、

「師匠が殺された」

衝撃の事実を告げる。

「ええっ」

風は仰天した。

曾良も驚きを隠せずにいる。

「だ、誰に殺されたんですか」

風は詰め寄った。

團四郎は拳を握り締めて、わなわなと打ち震えながら、

「半六だ。師匠が移徙《わたまし》十二段の佐藤忠信を演じて大見得を切っている最中に楽屋から壇上に駆け上がり、匕首で師匠の脇腹を刺した」

と、ありのままを伝える。

そして、

「師匠に用があって来たんだろうが、そういうことだ。出直してくれ」

あしらうように言い捨てて行ってしまった。

風と曾良は唖然とし、頭の中が真っ白になっている。

團十郎は半六から水野勝長の死の真相や結城埋蔵金の手掛かりを聴き出したに違いない。半六はそれが明らかになる前に團十郎を殺して口を封じた。

最早、團十郎から何も聴くことはできない。

風はすごすごと帰り行く。

「姉さんがおかしくなって、團十郎さんが死んで。もう良いでしょう。曾良さん、聴かせて。初めて大坂へ行った時、淀川で舟に乗るな、と告げて、駕籠も仕立ててくれたのも曾良さんね。私は訝ったけど、姉さんは平然と乗り込んだ。わかっていたから」

堪らず、曾良を問い詰めた。

この期に及んでは、

「わかりました」

曾良も承知する。

「團十郎さんの曾祖父、十郎さんは甲州武田のご家来衆で目付を務められていました。武田家が滅びた後、その遺臣の多くは権現（徳川家康）様がお抱えになられ、十郎さんも取り立てられ、主に下総の目付を任されていました。そして、父上の十蔵さんの代に江戸へ召し出され、ご公儀の耳目となり、團十郎さんも然り」

「歌舞伎役者は隠れ蓑ってこと？」

「いえ、いえ、團十郎さんは歌舞伎に打ち込んでいました。その上で代々受け継がれた公儀の手伝いをしていました」

「公儀隠密ってこと？　曾良さんも？」

その問いには曾良は応えなかったが、

「私の先祖も信州諏訪にあって武田の家来衆でした」

武田遺臣というだけで察しが付いた。團十郎の先祖と同じように、家康に取り立てられ、隠密となったのであろう。

とすると、

「姉さんは？　武田家とは何の関わりもないわ」

それが疑問だった。

これについては、

「御父上の出は？」

曾良が逆に訊く。

「父様の出って…」

風は考えて、

「あっ、伊賀」

正しく忍びの里である。

「奥の細道は江戸から目の届きづらい奥州や北国の視察だったのか」

そこに言い及んだ。

「否みはしませんが、御父上は隠密ではない。師匠は真に俳人でした。私の裏の顔を知り、隠れ蓑になってくれていただけです」

曾良は素直に認め、芭蕉を擁護するが、

「では、姉さんは」

風の心に疑問が残る。

「雅さんは私が手解きしました」

曾良は打ち明けた。

「父様が隠密ではないのに、何故、姉さんが」

「不覚にも雅さんに仕事を見られました」

「仕事？」

「まだ雅さんが十歳の時でした。辻斬りが横行していました。その町奉行所も持て余していた常習の一人を追い詰め、捕らえたところを雅さんに見られました」

「父様が死ぬ五年も前ってこと？」

「ええ、雅さんは悪を許せぬ気性で、私の仲間になりたいとせがみました。仲間に加えなければ、私が隠密であることを明るみに出すと言い寄られ、仕方なく、手助けまでという約束で承知しました。師匠は隠密ではありませんでしたが、御父上と兄上は伊賀で藤堂家に仕え、忍び仕事をされていました。颪さんの異父兄、次郎兵衛さんは、忍び仕事はしていません。野良仕事に精を出されています。伊賀者の血は雅さんに脈々と受け継がれ、中々筋が良かった。今では私も頼りにしていたほどです。そして、雅さんは團十郎さんを手伝っていた」

その事実を告げる。

雅が難しい調べもこなし、顔が広いのも頷けた。

「京の井筒屋に分け前を貰ったっていうのも嘘でしょう」

颪はさらに突っ込む。

「井原西鶴さんが大流行りの好色一代男を書いた時だって一晩ご馳走されて、それだけだったと聞いたわ。上方や奥州への路銀も姉さんと曾良さんが処々を探るためご公儀が出元でしょう。それもお宝、今は知れた結城のお宝を探るためのね。だから上方を離れる時、姉さんに井筒屋さんを訪ねなくて良いのかと聞いて、はぐらかしたのね。井筒屋さんからお金なんて出てないからね」

筆者の世界が厳しいことはもうわかっていた。

「近江への墓参でわざわざ京へ立ち寄ったのは去来さんたちがお宝のことで何か掴んでいるんじゃないかと疑ったからね。奥州道中で見守っていたのも曾良さんでしょう」

何もかも見通している。

「本ばかりではなく、世事も見えるのですね。風さんの見立てには敵いませんな」

曾良は観念して認めた。

風は目を眇めて言う。

「鰻を食べても咎められない訳だ」

曾良は苦笑して頷いた。

第八章　去来の一石

一

昼が夜より長くなり、三月に入ってすぐのことである。

珍客が雅と風の棲家を訪ねて来た。

「去来さん！」

風は驚き、笑みを浮かべる。

旅装の向井去来だった。

風は遠方の旧知に会えて、この上もなく嬉しい。ところで、

「どうしたんですか」

来意を訊ねる。

「才牛さんが亡くなったとも聞いていましたので、江戸まで足を延ばしました」

「才牛さん？」

「ああ、市川團十郎さんの号です」

「えっ、團十郎さんも俳諧を嗜んでいたの？」

「ええ。確か十年前くらいでしたか。京で興行され、一年ほど過ごされていた時、椎本才麿さんの門に入られていました。そこで才牛という号を与えられました。私も團十郎さんが京にいらっしゃった時、何度もお会いして親しくして頂きました。才麿さんの分も團十郎さんの墓前を弔いたく、江戸へ罷り越した次第です」

「そうでしたか」

風がまだまだ知らないことは多い。

「雅さんが難に遭われたと聞きました。お具合はいかがですか」

去来はそのことに触れた。

「相変わらず。今日も奥で臥せっています」

風の顔から笑みが消える。話題にしたくなかった。

去来は察し、話を変えた。

「師匠が奥の細道の旅に出たのも今頃でしたな」

「ええ。三月二十七日に出立しています」

「風さんも去年、奥の細道を辿られたのですよね」

「ええ。奥州平泉まででしたけど」

「私も辿ってみたいと思っています」

「そうですか」

「丈草さんが亡くなって心細くなり、何かしないと心が折れてしまいそうで、思い付いたのが師匠の足跡を辿ることでした。少しでも師匠の俳風に近付きたい」

「去来さんと丈草さんは父亡き後も俳風を守って下さっていましたからね」

風は去来を称える。

「師匠が亡くなった後、俳風を蔑ろにして邪道に走る弟子たちは許せません」

去来の指す邪道に走る弟子とは、

(其角さんか)

風はすぐに思い付く。

其角は芭蕉の生前から閑寂と伊達を特徴とする俳風から奇警な見立てや謎めいた洒落風へと変節していた。そして、芭蕉の死後は堂々と洒落風に興じている。

俳諧の趣には通じていないが、其角の背信はわかっていた。

「そうだ」

風は其角で思い出す。

「其角さんのお弟子さんで早見次郎左衛門さんて人、ご存知ですか」

唐突に訊かれて去来は驚くが、

「え、ええ、知っています。お若いが、中々筋が良い」

と、応えた。

西国三十三ヶ国の俳諧奉行と謳われるが、諸国の俳人にも通じていた。

「その次郎左衛門さんがどうかしましたか」

「下総結城のお宝のことを訊ねた後、宿を締め出されるとか、酷い目に遭いました」

「えっ、そのような人ではなかったと思いますが…」

「水野家の侍医、道瑱さんは、結城の人々は古く凝り固まった習俗に縛られている、余所者を受け入れない、と、仰っしゃっていました」

「で、何故、次郎左衛門さんにお宝のことを訊かれたのですか」

「早見家は結城十人衆のお家柄だったから」

「結城家の十人衆？」

「結城家は下総に根付いていながらご公儀の命で越前へ移されました。その時、早見家は結城に残った十人衆です」

「そうですか……」

去来は眉間に皺を寄せた。何か思うところがあるのか。

「どうかしましたか」

風は去来の変化に気付く。

「あ、いや、何でもありません」

去来は、はぐらかし、

「結城のお宝はどうなったのですか」

と、話を戻した。

「道瑛さんから金光寺の山門にある三首の和歌のことを聴き、お宝の在り処は中久喜の城と解けたのですが、水野家の人たちに横取りされました」

「それで、お宝は見付けられてしまったのですか」

「いえ、見付からなかったようです」

「そうですか」

「それからも調べ続けたのだけれど、下総結城の水野のお殿様が死に、その真相を追ったけど、行き詰ってしまって、そんな時、猪兵衛さんが卵を食べて死ぬ思いをして、そこから水野のお殿様も毒ならぬ毒を盛られたんじゃないかってことになり、麦の粉が合わないと突き止め、その経緯を調べていたら、姉さんは拐かされて…」

風の話は取り止めもないが、言っている内容は何となくわかる。

「やはりお宝の秘は下総結城にありそうだということですね」

去来は飲み込みが早い。

「あちこち探りましたが、行き着くところはそこかとも思います」

風も頷く。

「下総結城に寄ってみましょう」

去来が言ってくれた。

「え、良いのですか」

「下総結城なら大して回り道ではないですよ。早見次郎左衛門さんの他にも俳諧の知己がいます。何か聴けるかも知れません」

「ありがとうございます」

風は勢いよく頭を下げる。

去来は笑顔で頷き、

「それでは」

立ち上がった。

「もう行ってしまうのですか」

風はもう少し話したい。

「江戸でまだ少し寄りたいところがあります」

と、去来は言う。もう草鞋を履き出していた。

去来と共に風も外へ出る。

「お気を付けて」

手を振る去来の後ろ姿を見送りながら、

(どこに寄るのかな)

それが気になった。

二

この年、三月十三日、前年の大地震の厄を払うため元号が元禄から宝永に改まる。

それから一月も経たぬ四月三日、半六が破獄した。

半六は朝から夕暮れまで厳しく責め付けられていたが、拷問蔵から牢へ移る際、牢番の隙を衝いて、その首を締め上げ、気を失わせて逃げたのである。

牢屋敷の役人が追い掛けるのは当たり前だが、曾良たち隠密も半六をつけていた。半六は泳がされたのだ。

半六は人々を押し退け、突き飛ばし、小伝馬町から両国橋へ一気に駆けた。

曾良は人と人の間を擦り抜けて半六の背を視界に捉え続けている。

両国橋を渡れば、本所であった。

（やはり）

曾良は自らの想定の正しさを確信する。

本所には目を付けている大名の下屋敷があった。

半六が両国橋を渡る。

刹那、一陣の風が吹き抜けた。

半六は止まり、体が崩れ落ちる。

曾良は目を剝き、全速力で駆け付けた。

町衆が寄り集まっている。

「退いてくれ」

曾良は人集りを掻き分けて、半六を見た。

首筋に右手を当てる。

脈がなかった。

首の後ろに錐で突き刺されたほどの小さな傷穴がある。

半六は間違いなく殺された。

町方が漸く現われる。

曾良は素早く半六から離れた。その場から消えるように立ち去る。

(儂の勇み足だ)

己れを責めた。

雅が陵辱され、團十郎を殺されて焦り、半六を泳がすという危険を冒したことを悔やんでも悔やみ切れない。

歩み進むうちに日が暮れた。

気が付けば、深川である。

猪兵衛の家の前で立ち止まった。

敷居が高い。

結城埋蔵金に繋がると思われる水野勝長の死の真相を探って雅は甚振られた。半六が雅を手籠めにし、團十郎を殺した。その半六が水野勝長の死、ひいては結城埋蔵金に関わっているに違いなかったが、目の前で死んでしまった。

曾良は己れの無力を痛感し、風に合わせる顔がない。

しかし、事情を話さなければならなかった。

猪兵衛の門戸の前で気を取り直し、

「曾良です。風さんはいらっしゃいますか」

声を掛ける。

「は、はい」

返事があり、猪兵衛が戸を開けた。

「あ、曾良さん」

「風さんいらっしゃいますか」

「ええ」

猪兵衛は、

「風さん、曾良さんがいらした」

と、奥へ声を掛ける。

風が出て来た。

曾良の浮かない顔を見て、

（良くない話だ）

と、察する。

「外で話しませんか」

曾良は誘う。

猪兵衛始め多くの耳に入れたくない話である。

「雅ちゃんは私が見ているよ。行って来な」

と、猪兵衛は言ってくれた。

「ありがとう。じゃあ、ちょっと出て来るね」

大川の河原へ行き、ふたりは並んで腰掛けた。

右に新大橋、左に永代橋、岡場所へ足を運ぶ男衆の手に持つ数多の提燈の灯が渡り来る。今日も深川の夜は盛んだった。

「何かあったのですか」

風が訊く。

曾良は話し始めた。

「半六が殺されました」

「えっ、牢に入っていたのではないのですか」

「責め続けても中々吐かないので、態と隙を作り、牢破りさせて泳がせたのですが、何者かに口封じされてしまいました。面目もない」

「何者か、って。そんな」

姉を身も心も犯した許し難い悪人だが、秘事を聴き出せず死なれては困る。

「心当たりはあります」

曾良には想像が付いた。

「聴かせて」

風は知りたい。

「弘前藩に早道之者《はやみちのもの》という隠密がいます」

と、曾良は唐突に告げる。

「弘前藩？」

風は訳がわからない。今まで弘前藩など話に出たことがなかった。

「権現様に手向かい、美濃関ヶ原で戦って敗れ、滅びた石田治部少輔三成は、ご存知ですか」

と、曾良は訊く。

「慶長五年のことですね。豊家が零落れて滅びる発端となった」

「さすがに良くご存知だ」

「その石田治部少輔がどうしたのですか」

「治部少輔の二男、重成は関ヶ原の戦いの後、奥州の津軽家を頼って落ち延び、杉山源吾と名を変えて弘前藩に仕えました。その長男、杉山八兵衛吉成は藩主信枚公の娘御を娶り、家老職となりました。八兵衛は隠密の元締となり、信枚公の耳目として暗中飛躍します。その隠密は早道之者と呼ばれ、杉山家が代々、束ねています」

凪は首を捻った。それが、どうした、と言いたげにしていると、曾良は、

「半六の本姓は杉山です」

と、明言する。

凪は、はっ、とした。

曾良は続ける。

「弘前藩に大石郷右衛門（良麿）という家臣がいます」

「大石郷右衛門？」

「赤穂の大石内蔵助（良雄）の縁戚です」

凪の驚きは最高潮に達した。

「元禄十五年、江戸で内蔵助を秘かに支《ささ》えていたようです。その郷右衛門に半六は手を

貸していた。半六は両国橋で殺された。両国橋を渡れば、本所、弘前藩の下屋敷があります」

「つまり徳川家に恨みのある半六も早道之者で、赤穂の遺臣たちの吉良邸討ち入りを手助けしていた、ということですか」

「風さんは飲み込みが早い。杉山も徳川家には恨みがある。公儀の面目を失わせるため、大石郷右衛門を授けた」

「赤穂の遺臣と言えば、大石内蔵助の片腕、大高源吾は其角さんのお弟子でしたよね」

「そう、号を子葉と言いました」

「其角さんも秘かに赤穂の遺臣たちを支えていた。結城のお宝を使って」

風の脳裡で繋がった。

「然れど、半六が死んだ今、何の証拠《あかし》もない」

曾良は悔しくて仕方ない。

「早道之者の仕業ですか」

「そう思って良いでしょう。証拠はありませんが……」

「半六が姉さんを弘前藩の屋敷に連れ込まなかったのは関わりをつかまれないためか」

「ええ。牧野家の屋敷なら一見、何の関わりもないから弘前藩には繋がらない」

「あの辺は其角さんの顔が利く、と、仰っしゃっていましたね」

「そうです。其角が口をきいたのでしょう。雨宮修理は金でいくらでも転ぶ輩でしたから、御しやすかったでしょう」

「水野のお殿様、團十郎さん、そして、半六、結城のお宝のことを知った人たちが次々と死んでしまった」

「一から仕切り直しですね」

「今、去来さんが奥州を旅していて、そのついでに下総の結城へも立ち寄って下さるって仰っしゃっていました」

曾良は驚いた。

「何と、去来が！　去来はここに来たのですか」

問い詰めるように訊く。

「ええ、丈草さんが亡くなり、父様の墓参もあって近江の膳所へ出て、團十郎さんともお知り合いだったので、江戸まで足を延ばされたと仰っしゃっていました。そして、奥州へ、父様の足跡を辿って京へお戻りになるそうです」

「そうですか」

曾良にとって寝耳に水だった。

(結城埋蔵金の秘に近付いた者は皆、死んでいる。何もなければ、良いのだが…)

悪い予感がする。

「送りましょう」

曾良は立ち上がった。

「はい」

風は素直に頷く。物騒なことが続いているから有り難い。

曾良は風を家まで送って立ち去った。

三

夏が過ぎ、秋となり、今年も深川は祭で大いに賑わう。

そして、深川祭が終わると、秋も深まっていく。

菊の花の蕾が綻び、木々の葉も赤く色付き始めていた。

九月十日、風の許に向井去来が死んだという知らせが届いた。

信じられない。

結城埋蔵金の手掛かりとして膳所主水の名を去来に伝えてから半年余り過ぎていた。

「私が膳所主水を調べてと頼んだから……」

そのことが去来の死を招いたのではないかと負い目を感じる。

「行かなくては」

風は居ても立ってもいられない。心は京へ馳せていた。

だが、上方へ行って帰るだけで一ヶ月ほども掛かる。その間、雅を残して置けない。

風の悩みは猪兵衛にも見て取れる。

「雅ちゃんは私に任せて、行って来なよ」

と、言ってくれた。

風は素直に嬉しい。

「ありがとう」

感謝して心はもう京へ向かっているのだが、

(さて、路銀はどうするか)

これまでは雅が公儀隠密の御用として路銀を調達していた。

(此度はそれがない)

ならば、杉風に借りることもできたが、路銀まで無心するのは気が引けた。

（どうしたことか）

良案が浮かばない。

ところが、あっさり解決した。

曾良が聞き付け、訪ね来て、

「御供します」

と、申し出る。

「曾良さん」

風にとって正しく渡りに船だった。

曾良から声を掛けるとは雅と風を案じてでもあるが、埋蔵金に繋がると臭いを嗅ぎ付けたに違いない。

（出してもらおう）

これで路銀の心配はない。

杉風に頼み、京へ旅する手形も得た。

四

九月二十二日、風は上方へ向かう。
二年前、父芭蕉の墓参に旅立った月日と同じである。
その旅は雅と一緒だった。
今年は違う。
(寂しいな)
姉妹が口喧嘩しながらも仲睦まじかった日々はもう戻らないのか。
雅と共に奥州へ旅立ったのも去年の九月二十七日であった。
わずか一年前が懐かしく、遠い昔のように感じられる。
思い巡らせながら草鞋を履いたところで、曾良が迎えに来た。
「行きましょうか」
促され、風は腰を上げる。
江戸から京へは概ね十三日ほどの道程だが、十日で近江膳所に辿り着く。
その速さに風は疲労困憊だった。
だが、曾良は容赦なく、益々足を速めていく。

「こんなに鬼だったとは」

風はぶつぶつと文句を言いながらも曾良の背を追い掛けた。

風と曾良は義仲寺に立ち寄り、芭蕉の墓参りをして京に入る。

そして、聖護院の向井邸を訪ねた。

寡婦の可南に十歳の登美と八歳の多美、二人の幼い娘が迎えてくれる。

洛東は大文字山の麓、真正極楽寺、通称、真如堂に向井家の墓が立つ。

風と曾良は手を合わせ、去来の冥福を祈った。

「風さん、ありがとう」

可南に感謝され、風は心苦しい。涙が止まらなかった。

「すみません。私が下総結城の話をしたから、去来さんは回り道してくれて。それが元で去来さんの身に何か良からぬことが降り掛かったのではないかと…」

可南は優しく微笑み掛けて風の肩に手を添える。

「風さんの所為ではないですよ。あの人は、あの人の思うままに生きただけ」

と、風が逆に慰められた。

「さあ、戻りましょう。お茶を淹れますね」

可南は曾良と風を落柿舎へ誘う。

風と曾良は可南の淹れてくれた茶を味わい、去来を懐かしんだ。

「奥州の旅から戻ったのは五月のことでした」

と、可南は去来の最後の数日を語る。

「奥州から帰ってからは、長旅の疲れも然程なく、お師匠さんの足跡を辿れたことで、丈草さんを失って心細かったことも吹っ切れたようです。二年前から手を付けていたお師匠様から伝え聞いたことやお仲間と問答されたことを纏めようとしていたところ丈草さんが亡くなって挫けていましたが、再び始めていました。そのため五月の終わりには伊賀の半残さんと土芳さんへ本に載せる句をお願いしています。お師匠様や丈草さんに捧げたかったのでしょう。寝る間も惜しんで打ち込んでいました」

可南は生前の夫の事跡を誇るように語る。

「けれど、根を詰めたのが祟ったのか、体を壊してしまいました。八月十五日に月見ができなかったことを悔しがり、九月十三日には必ず宴を催すと言っていたのですが…」

そこで詰まり、涙を堪えていた。

風と曾良は言葉を掛けられない。可南が再び口を開くのを待つしかなかった。

やがて、

「すみません」

可南はまた話し始める。

「少し良くなったら、また本作りを始めて、何か思い付いたらしく、大坂へ行って来ると言って出掛けて帰った夜、具合が悪くなり、九月十日、この世を去りました」

と、言ったところで、また涙した。

風と曾良は愕然としている。

容易ならざる事実を聴いた。

去来は大坂のどこへ行ったのか。

想像は付く。

風と曾良は目を見合わせて頷いた。

「葬儀に大坂の斯波園さんは来ましたか」

そのことを風は訊く。

「ええ、いらして下さいました。お一人で態々《わざわざ》」

と、可南は応えた。

「お一人で」

「ええ、昨年、旦那様の一有さんがお亡くなりになりましたから」

いませんでしたか」

「去来さんは何か言い残されていませんでしたか。膳所主水のこととかは仰っしゃって

その前に凪は訊いて置きたいことがある。

この後、何をすべきかが決まった。

凪と曾良は腰を抜かしそうになるほど驚く。

「えぇっ」

「そうね…」

可南は努めて思い出そうとする。そして、

「言葉は奥が深い。とか、そうそう、膳所主水は人でなし、とか言っていましたね」

と、言い及ぶ。

凪と曾良は大きく目を見開いた。

「うちの人が死ぬ少し前に、何か思い付いて、そうか、と大きな声を上げて、その後、言っていたわ。膳所主水さんて酷い御方だったのかしらね」

可南は直訳的に言うが、

「膳所主水は人でなし」

凪は他に意味があるような気がする。

「ありがとうございます」

礼を言い、辞去した。

向井邸を出た曾良と颪は大坂へ向かう。

目的は斯波園に会うことだった。

道々、颪は曾良と話し合う。

「園さんは父様、去来さん、そして、旦那さんまで手を掛けた」

「証拠はありません。が、そうでしょう」

「何故、殺したの。結城のお宝のことを知ったから。父様と去来さんはそうかも知れないけど、旦那さんの一有さんも?」

「違うでしょうね。園が結城の財宝のことなど知る由もないでしょうし、知っていても、どうでも良いことでしょう」

「では、何故」

「其角が絡んでいるのではないでしょうか」

「其角さん?　ということは、やはり結城のお宝ってこと」

「結城の財宝にまで関わるかは知れませんが、園が其角を慕っているのは確かです」

風は声を上げて驚いた。二十代半ばになっても男女の情など全くわからない初な風には刺激的過ぎる。

「旦那さんがいながら！」

「風さんにはまだわからないでしょうが、男と女の仲というのは理屈では測れません。一目で惚れ合ってしまい、懇《ねんご》ろになることもあります。其角と園は同じく蕉門にあって出会った時から頗る気が合っていた」

「そんな」

「師匠が之道と珍碩の仲を取り持つため上方へ旅したのは間違いないが、園に其角との不義を終わらせようと説きに来たのではないでしょうか」

「それで殺したって言うの。では、去来さんも」

「恐らく。旦那さんの一有さんも園と其角の仲に気付き、問い詰めたから殺されたのかも知れない」

「何ということ。旦那さんまで手に掛けるなんて」

風は呆れた。

（そんなことで）

信じられない。

財宝に目が眩んだ亡者に殺されたのなら古から今まで人間が繰り返してきた仕方のない性の故と納得までは至らずも理解はできる。

惚れた腫れたで人が殺せるなど、

「物語の中だけだと思っていた」

開いた口が塞がらなかった。

去来は結城埋蔵金と関わりなく、男と女の情欲のために死んだようだ。それが風には遣り切れない。余りにも愚かしく、哀れで、悲し過ぎる。

だが、去来は埋蔵金の手掛かりになりそうなことを言い残していた。

「これを解き明かさなければ、去来さんは浮かばれないよ」

第九章　膳所主水の正体

一

曾良と風は大坂過書町の斯波家を訪れる。
不意の訪問だったが、
「ようこそ、遠いところわざわざ」
園は快く応接してくれた。が、
(相変わらず温かみのない目だ)
風は気に入らない。
つくづく相性が悪かった。
園も何を考えているかわからない風が苦手だ。が、自らの心を隠すのは得意である。
茶が出された。風と曾良の前に置かれる。

「曾良さん、お久し振りですね」

その通りで風とは二年前に会っていたが、最後に曾良の顔を見たのはいつだったかも憶えていないほどだった。

「去来の墓に行って来た」

と、曾良は告げる。

「そうですか。お気の毒でした」

園はさぞや悲しそうに返した。

「可南さんから昨年、一有さんが亡くなったと聞いて、お悔やみを申し上げに来た」

曾良は巧い。それらしく来意を抉じ付けた。

「恐れ入ります」

園が応えると、出し抜けに、

「九月の八日か、九日」

風が口を切る。

「去来さん、ここに来ませんでしたか」

と、訊いた。

一瞬、園の目尻が動く。直ぐにいつもの表情へ戻したが、風と曾良は僅かな変化を見逃していなかった。

「来ていませんよ」

園は平然と応える。

「風さん」

曾良は直截過ぎる風の無礼を窘めた。

しかし、風は構わず、

「来たんじゃないか、と思ったんだけどな」

畳み掛ける。

「来ていませんよ」

園はもう少しも動じず返してきた。

「一有さんに去来さん、丈草さんも貴女の仕業」

風は突っ込みを止めない。

「何のことですか」

冷静に白を切り通す。

風は手を弛めない。

証拠は何もない。

ならば、証拠を作る。

風を危険な人物と思わせ、手を出させ、尻尾を摑む。

自らの命を危うくするが、そうまでするのは己れの情欲を満たすため芭蕉や去来、旦那の一有まで殺した園が許せないからだ。

「前に私と姉さんがここを訪ねた帰り、二十石船の底に穴を開けさせたのも貴女が手の者を差し向けたのではないの」

その上、

「父様もかしら」

十年前の旧事まで穿り返した。

「訳のわからないことばかり。何なんですか」

園は眉を顰める。が、そこまでで色を作さず風の追及を躱し切った。

(恐れ入った)

曾良も園の氷のような心に閉口する。

「風さん、もうそのくらいにして」

幕を引いた。

風は尚も園の目を見続けている。

これまで風と曾良は出された茶に口を付けていない。それを俄かに手に取り、園に突き返した。

「さあ、行きましょう」

曾良は風を促して立ち上がる。

「それでは」

風と曾良は園に態とらしく会釈して出て行った。

帰り道、襲われなかった。

「これで仕掛けてきたら園さんの仕業と言っているようなものですからね」

風は詰まらなそうに言う。

二

風と曾良は東海道中も無難に宿場から宿場へ通り過ぎて行った。

そして、江戸に戻ったのは十月も末のことである。

曾良とは永代橋の西詰で別れた。

風は一人、寂しく家に帰る。

努めて明るく門戸を開けた。

「おお、お帰りなさい」

猪兵衛も笑顔で迎え入れる。

盥に水を張り、持って来てくれた。

風は草鞋を解き、足を洗う。

奥へ入り、

「姉さん、帰ったわよ」

雅に帰宅を知らせるが、反応はなかった。

ぼうっと座ったままでいる。

「姉さん、これ買って来たよ」

風は包みを開いて見せた。

元禄二年、聖護院の森の黒谷参道の茶屋で売り出された琴の形をした素朴な干菓子である。箏曲の祖、八橋検校に因んで菓子の名となった。

「二年前、姉さん、京で美味しいって喜んで食べていたじゃない」

と、勧める。

雅はじっと八橋を見詰め、手に取った。

口に運び、齧る。

ぽりぽりと音を立てて食べ、にこりと笑った。

二口、三口と食べる。

風は泣き笑いして、

「猪兵衛さん、姉さんが、姉さんが」

声を上げた。

「どうした」

猪兵衛が慌てて奥へ駆け込む。

風は顔をくしゃくしゃにして、

「八橋を食べて笑った」

嬉しそうに告げた。

猪兵衛も目に嬉し涙を浮かべて、

「おお、食べている。食べている。美味そうに食べている」

そんな何でもないことを大いに喜ぶ。

この家に久々笑顔が戻った。

十一月一日、颪は雅を連れ出して木挽町へ足を運ぶ。

山村座顔見世の日だった。

二代目團十郎襲名の晴れ舞台である。

雅は二代目團十郎の演技をじっと見入っていた。團十郎が見得を切る時など目を大きく開きもする。心が病んでも、芝居好きの本能は活きているようだ。

わずかだが颪は雅の反応を喜ぶ。

二代目は初代と容貌も体付きも良く似ている。

雅は二代目に初代のありし日を重ねていたのかも知れない。

芝居が終わった後、

「お菓子、買おう」

颪は雅の手を引いて少し遠回りし、小網町の秋色庵大坂屋で菓子を買う。

家に帰り、雅は菓子を美味しそうに食べていた。

雅に回復の兆しが見える。

そのことが颪を前向きにした。

結城埋蔵金の手掛かりが次々と消えてしまい、滅入るところだが、腐らず、

「始めに戻ろう」

風はこれまでわかったことを整理する。

（奥州平泉にはない）

まずそこから辿った。

（結城の殿様が下総へ持ち去った）

それは確かだ。

（結城家が越前へ移封されても下総に残った十人衆の子孫、早見次郎左衛門さんに、お宝のことを訊いたら嫌がらせをされた。けど、知らない様子だった。金光寺山門の和歌に思わせ振りな手掛かりが隠されていたけど、中久喜の城跡も違った）

結城晴朝は幾重にも偽の情報を張り巡らせ、真実に行き着かせないよう仕向けていたようだ。

だが、これまでの空振りを無駄足とは思わない。

（偽の手掛かりを悉く消し去っていけば、最後に真実が残る）

そして、紆余曲折の末、漸く核心に近付いていた。

（出来物と言われた水野の殿様がお宝探しを任されて結城に移封された）

幕府が本気で結城の埋蔵金探しに乗り出したことを物語っている。

(結城の殿様は膳所主水という人にお宝を託した、と言い残した)

その矢先、

(水野の殿様は食あたりを装って殺された)

そう思ってまず間違いなかった。

(膳所主水とは何者か)

それが突き止められない。

(赤穂の遺臣の吉良邸討ち入りを大石内蔵助の一族、弘前藩の大石郷右衛門が支えていた。それに手を貸したのが生島、いえ、杉山半六。半六は石田治部少輔の末裔で徳川家に恨みがある。討ち入りを援けて公儀の面目を潰し、転覆の足掛かりにしようとした)

推測の域を出ないが、十分な説得力があった。

(團十郎さんは半六から一切を聴き出して、殺された。獄に繫がれた半六も逃げ出して弘前藩の忍びに口を封じられた)

ここで埋蔵金への道が途切れた。

(これで手掛かりは膳所主水だけになった。それを調べようとしてくれた去来さんは奥の細道の旅の後、不義を責められた園さんに殺された。お宝とは関わりなく。けど、去

来さんは、膳所主水は人でなし、言葉は奥が深いと言い残していた）

最早、頼みはそれしかない。

（去来さんは何を言いたかったのか）

風は考える。

「膳所主水は人でなし」

呟いてみた。

すると、

「人でないの？　じゃあ、物？」

雅がぼそりと言う。

空虚な心故、素直に言葉の意味そのままを口にしたのだった。

ところが、

「人でない？」

風は頭を金槌で打ち叩かれたかのような衝撃を受ける。

「人でなければ何!?　去来さんは、言葉は奥が深い、とも言い残した」

風は、すくっ、と立ち上がった。

雅の両肩を摑んで、

「やっぱり、姉さんは凄い」

褒め称え、外へ飛び出す。

杉風から任されている本屋へ向かって走り、駆け込んだ。

書物の山を保管している蔵に入り、一日、籠もる。

そして、蔵から出た時、

「わかったぞ」

清々しい顔をしていた。

三

色々と調べたいことがある時、いつも雅が動いてくれた。

今にして思えば、

(手もなく調べられたのは公儀隠密だったからだ)

風は知らずに幕府の諜報機関を利用していたのだ。

だが、今は頼れない。

「曾良さんがいてくれたらな」

風は恨めしそうに言う。

居所がわからなかった。

すると、

「五間堀よ」

雅がぼそりと呟いた。

「えっ」

風は目の玉が飛び出しそうになるほど驚いた。

「五間堀って、五間堀に曾良さん棲んでいるの」

雅の肩を摑んで問い詰める。

しかし、雅は揺さ振られるままに身を任せ、もう何も言わなかった。

(行ってみよう)

猪兵衛は仕事に出ているが、近頃では雅を一人残しても障りない。心を病んだ当初は突然、大声を発したり暴れたりしたが、今はそれもなくなった。大人しくしていられる。

「行って来るね」

風は出掛けた。

かつて芭蕉が庵を結んでいたのが六間堀である。

(そんなに近くにいたのか)

灯台下暗しとはこのことか。

気付かなかった己れを情けなく思う間もなく、忽ち五間堀に着いた。

五間堀近辺の住人に、

「河合曾良という人の家、知りませんか」

と、訊いて回る。

しかし、どの住人も、

「知らないね。聞いたことないな」

と、応えるばかりだった。

「河合惣五郎という人では」

風は曾良の本名でも訊いてみたが、

「知らないね。そんな人」

応えは同じである。

「そんな」

風は肩を落とす。

だが、諦めない。

五間堀の家を片っ端から当たった。

そして、一軒の浪人の家に辿り着く。

「お願いします」

声を掛けたが、反応がない。

留守だった。

軒先で野菜を洗っていた隣家の女房に、

「ここの人は？」

と、訊いてみる。

「ああ、庄右衛門さんかい」

「庄右衛門さん？」

「岩波庄右衛門さんさ」

「ど、どんな人ですか」

「五十路半ばくらいかね。背は高くもなく、低くもなく、余り目立たない人だよ」

「いつもいないのですか」

「家を空けることが多いからね。一月も二月も帰って来ないことも珍しくないよ」

（曾良さんに違いない）

風は確信する。

いつ帰るかわからない。

風たちの住まいから近い。一日、三度、行ったり来たりして曾良の帰りを待った。

そして、三日目、十一月も半ばになると、陽が落ちるのも早い。七ツ半にはもうすっかり暗くなっていた。

風がこの日も諦めて立ち去ろうとした時である。

「風さん」

背後から声が掛かった。

風が振り返り、眼鏡を掛け直して目を凝らす。

残照の中、人影が立っていた。

「曾良さん？」

風は怖ず怖ずと訊く。

人影が近寄り、顔がわかるようになった。

間違いなく曾良である。

「どうしたんですか」

曾良は風の突然の来訪より、家を知っていることに驚いた。

「良かった」

風は嬉し泣きする。

「どうして、ここがわかったのですか」

曾良はまずそれが聴きたかった。

名を変え、人知れず塒《ねぐら》にしていた隠れ家の前に風がいる。どこから漏れたのか。

風は曾良の険しい顔が気になったが、

「私が困っていると、姉さんが」

隠さず応える。

「そ、そうですか。出所は雅さんでしたか」

曾良は納得するが、苦々しく思っている心が窺えた。

「雅さんは心を開かれたのですか」

曾良も知りたい。

風は曾良の思惑など知りたくもなく、

「近頃はお菓子を美味しそうに食べたり、芝居も見物に行ったりして、良くなっているの。私が困って、曾良さんに会いたいって溢したから、思わず口をついて出たのだと思う。姉さんは悪くないの。ねえ、わかって」

曾良は漸く笑った。

「わかりました。で、私に何か用ですか」

それが聴きたい。

「ええ」

風も、ほっ、として笑みを浮かべた。

「調べて欲しいの」

もう思い立ったら止まらないいつもの風に戻っている。

「何でしょう」

曾良も和やかに訊ねた。

「お宝のこと」

風がそれを告げると、曾良は周囲を窺い、

「中へ」

屋内へ請じ入れる。

曾良は風が結城埋蔵金の謎を解いたと覚った。余人に聞かれたら拙い。

曾良の家の中は殺風景だった。寝具の他、物入れすらない。本当に寝るだけに帰る家で、様々な秘密が漏れぬよう、ここには残していなかった。

「どうぞ」

曾良は風を座らせ、その前に腰を下ろして向き合う。

風が知りたいのは、

「結城のお殿様が越前へ移っても下総に残ったのは十人衆だけ？　他にいなかったの」

まずそのことである。

「そういう人がいたら、埋蔵金の手掛かりになるということですか」

曾良は察しが良かった。

風はそれに応えず、

「それと、水野のお殿様が亡くなった後、責めを負って自害した賄い方の名は何というか。誰の口利きで水野家に雇われたか」

と、続けて言った。

「水野家の賄い方が結城に残った家来衆の子孫ということですか」

曾良がさらに勘良く訊くと、

「そう」

風はきっぱり応える。

荒唐無稽のようだが、

「拠り所はあるのですか」

曾良は風の常人が思いも寄らぬ発想に一目置いていた。

「ええ。去来さんは、膳所主水は人でなし、言葉の奥は深い、と言い残していました」

と、風は切り出した。

「聞いています」

「可南さんは膳所主水という人は酷い御方だったのかしら、と、言われました。そこで膳所主水は人と思い込み、迷い道に入ってしまった」

「どういうことですか」

「姉さんが手掛かりをくれました。人でないなら、物って」

「物だったのですか」

「いえ、それは切っ掛けです。膳所と主水を分けて意味を調べました」

「膳所と主水の意味？　それで」

「まず膳所です。千年余り前、天智の帝が都を大津へ遷された時、鳰《にお》の湖《うみ》（琵琶湖）岸辺に広がる田園、浜田を御厨所と定められました。それより帝のお食事を意味する陪膳《おくり》の浜田と呼ばれるようになったのです。さらに、陪膳の所であることから膳所となり、鳰の湖に突き出す膳の崎、膳の前、ぜんぜん、ぜぜ、となりました」

「ということは」

「近江に膳所というところがありますが、この膳所は膳を扱う、つまり、賄い方のいるところではないでしょうか」

「なるほど。水野家の賄い方は自害したが、骸はない。橋の上に賄い方の履物が揃えて置かれていて書き置きがあり、大川に飛び込んで流されたとされているだけだ」

「そうです。賄い方は生きているんじゃないかと思います」

「ないことではないな。それで、主水は」

「もいとり（水取）に由来します。もい、は水のことで飲み水を取り扱う職ということです」

「そうか。それで賄い方に目を付けた」

「はい。そして、水と言えば、井戸です。水野家の亡くなった賄い方の家の井戸にお宝はある」

風は断言するように告げる。

四

十一月に入った。

曾良が風を訪ねる。

下総から帰って来た。

「私の家で話しましょう」

曾良の家の方が防諜には適している。

十一月の外は寒く、猪兵衛の家から曾良の家まで僅かな距離でも震える季節だが、風は昂揚し、寒さを全く感じなかった。

曾良の家には囲炉裏どころか火鉢すらない。

「これを」

蓋付きの火入れを用意してくれていた。

「どうでしたか」

風は待ち切れず訊く。

「結城家が越前へ移された時、下総に残った十人はもうご存知ですね。そのうち早見治右衛門の曾孫《ひまご》に風さんは会われていますね」

「はい、次郎左衛門さんに会いました。前に話しましたよね。下総結城のお宝のことを訊ねたら宿を締め出されたことと。その後、根本道瑛さんから聴いた金光寺の山門の三首の和歌に隠されたお宝の在り処、中久喜では水野家の人たちに横取りされました。けど、そこにもなかった」

「早見次郎左衛門さんも知らなかったということですね」

「それで、他には」

「伊佐岡次郎右衛門、砂岡久右衛門、荒川市郎右衛門、大久保半蔵、この四家が十家に欠があったときに十人衆に加えられます。伊佐岡は砂岡と字を変え、人目を晦ましたかと疑いましたが、不審なところはありません」

「そうですか」

風は空振りに気を落とす。

ところが、

「下総に残った家来衆の子孫ではありませんが、気になる人物がいました」

と、曾良は本題に入った。

「そ、それは」

風はごくりと唾を飲む。

「下総結城に小塩という里があります」

「小塩？」

「水野家の賄い方は源五郎と言い、小塩の出でした」

「えっ」

「吉良家に赤穂の遺臣が討ち入った時の料理番の名は小塩源五郎です」

「ええ！」

風の驚きようはこの上もない。

「この者こそ膳所主水に繋がるかと」

「そうとして、吉良家で死んだことになっているのに、水野家でも同じ名乗りとは、無謀じゃない？」

「水野家は結城の領主として下総の者を多く抱え、地元に馴染もうとしていました。下総の、しかも結城の小塩の者であれば、この上もなかったでしょう」

「そういうことか」

「驚くことはまだあります」

「えっ、まだ」

「源五郎を雇ってくれるよう吉良家に口を利いたのは紀伊国屋文左衛門さんです。文左衛門さんはご老中の柳沢美濃守（吉保）様と懇意で吉良上野介様にも顔が利きました」

「それが何か」

「文左衛門さんも其角と親しく、号を千山と言います」

「ええ！」

風はまた大いに驚かされた。

「小塩源五郎が吉良邸の内実を赤穂の人たちに流して手引きしたのでしょう。料理人でも毒味役がいるのはどこの大名家も同じ、上野介様が水野のお殿様のように毒ならぬ毒がなければ、秘かに殺すことなどできない。何より赤穂の人たちの手で上野介様を討ちたかったのでしょう」

曾良の解説に、

「繋がった」

風は結城埋蔵金隠匿の首謀は宝井其角であると確信する。

「然れど、これは推量であって確たる証拠は何もありません」

曾良は腰を折るが、

「良いの。望むのは其角の罪を責めて罰することではないわ。もう人が死ぬのは嫌。そうならないようにしたい」

それが風の願いである。

そして、

「其角さんに会う」

と、言い出した。

「私も行きましょう」

曾良は同行を申し出るが、

「私一人で行きます」

風は断わる。

「いや、一人では危うい。この年、其角の弟子で松木伝七なる者が芭蕉師匠の足跡を辿ると称して奥の細道を行脚しています。去来をつけたと思われます。その後、去来は死んだ。其角が絡んでいるに違いありません。風さん一人なら何をするかわからない」

曾良は風の身を案じて慇懃に説得するが、

「曾良さんが一緒だと、其角さんは構えてしまう」

風の言うことは尤もだが、

「しかし…」

それでも曾良は心配だった。

直接、手を下してはいないが、其角は五人もの死に関わっている。

「お願い」

風は譲らない。

「わかりました。が、せめて、其角とは二人きりで会ってください」

風が関口流柔術を独得したことを知っている。其角一人なら凌げる見込みがあった。

「はい、必ず」

風は約束して曾良の家を出る。

第十章　夢の果て

一

風は曾良の言い付けに従い、其角と二人きりで会うため猪兵衛に遣いをしてもらい、近くの御旅所の門前の水茶屋へ呼び出した。

客の来ない四ツ（午前十時）に二階を貸し切っている。

風は二階に上がって、其角を待つ。

やがて、階下に人の気配がして上がって来た。

程なく前に増して恰幅の良くなった其角が現われる。

「お待たせしたね」

愛想よく相好を崩して言うが、目は笑っていない。

「わざわざお越し頂き、有り難うございます」

風は努めて普通に挨拶した。

其角は風の前に腰を下ろす。

「で、私に用とは」

風は一つ軽く呼吸し、

「赤穂の御遺臣の大高源吾さんとも懇意だったとか」

いきなりそこから入る。

「そうですよ。子葉さんは俳諧仲間だからね」

其角は顔色一つ変えず平然と応えた。

「御家断絶から討ち入りまで相当な物入りだったでしょうね」

そのことを風が衝くと、其角の顔から笑みが消える。

「そんなこと私が知るはずないでしょう」

反発した。

風は構わず、

「そう言えば、赤穂浪士が討ち入りした吉良様の料理人だった小塩源五郎という人は其角さんの口利きだったとか」

と、突っ込む。

「な、何だ、それ。吉良様に口を利いた憶えはない」

其角が否定すると、透かさず、

「そうでしたね。吉良様に口を利いたのは紀伊国屋文左衛門さんだった。その文左衛門さんに頼んだのが其角さんでした」

風は追及した。

「そ、そうだったかな。あちこちと口利きしているので、全ては憶えていない」

其角は明らかに動揺している。

風は手を弛めない。

「下総結城の早見次郎左衛門さんや砂岡我尚さんは其角さんのお弟子さんですよね」

「ええ、そうですよ」

「早見家と砂岡家は結城家が越前へ移されても下総に残った由緒あるお家柄。その結城家は松平と名乗りを変えたけど、御公儀から度重なる国替えを命じられ、費えも凄かったでしょうね」

「何を言っているのだ。訳のわからないことばかり」

其角は不快を示した。

風は無視して続ける。

「結城家は遥か昔、五百年余りも前、武皇（源頼朝）様の奥州征伐の折、朝光公が供奉された。その恩賞として武皇様は、藤原家の財は結城家の勝手次第、と許された」

「何が言いたいのだ」

「結城家は越前へ移され、下総に残ったご家来衆の子孫が次郎左衛門さんと我尚さんで、其角さんのお弟子さん。そして、吉良家に料理番として小塩源五郎さんを送り込んだ」

「だから、何が言いたい」

其角はついに声を荒らげた。

風は鼻白む。其角の知らぬ存ぜぬに付き合っていられなくなっていた。

「もう、回り諄《くど》いのは止めた」

腹を括る。

眉間に皺を寄せ、顔を強張らせている其角に対し、

「赤穂浪士に支援するため結城に埋蔵されたお宝を使ったのでしょう」

言い放った。

余りに真っ直ぐ過ぎて其角は意表を衝かれ、面喰らったが、気後れしないよう、

「な、何を言い出すかと思えば。確かに大高源吾さんとは親しかったが、それで私が赤穂浪士を支援して何の得がある」

反駁する。

「公儀の政道を正し、結城家再興を妨げる幕閣を失脚させる」

「だから、それで私に何の得がある。それに結城の埋蔵金など、どこにあるかも知らぬ。知っていても私の勝手にはならないだろう」

「あした待たるるその宝船。其角さんが源吾さんに贈った句でしょう。明日の本懐が待ち遠しいとも取れるけど、宝船って其角さんの援助のことでしょう」

「そんなの抉じ付けだ」

「下総に残った結城のご家来衆、小塩源五郎さんも其角さんのお弟子さんよね」

「そうです」

「膳所主水。膳所は陪膳の所、主水は水取り、お宝を託されたのは小塩の家、その源五郎さんが其角さんにお宝の遣い方を持ち掛けた」

「埒もない」

「公儀の政道を正す」

「そんな大それたことを」

「其角さんが仕えていた膳所藩の本多のお殿様はどうしようもない人だったようですね。それも一代や二代ではなく、三代も。土芥寇讎記に、三代並びて愚将たること前代未聞、と書かれているわ。中でも兵部少輔って人は酷かったようね。美女を集めて酒宴、乱舞、三味線、琴を催し、淫乱に溺れ昼夜を分けず、弊をなし奢り極め、下の困窮を知らず、ってね。其角さんもお父様も苦労されたことでしょうね。そんな本多家を徳川家の譜代中の譜代ってことで公儀は何のお咎めなく放って置いている。許せないわよね」

其角は言葉がない。

凪は続けた。

「だから公儀に面目を失わせ、政道を正そうとした。誂え向きに赤穂の遺臣が公儀に庇われた吉良上野介を討とうとしていた。其角さんは進んで懇意の大高源吾さんを介して赤穂の人たちに援助した。小塩源五郎さんを賄い方として入り込ませ、内実を赤穂の人たちに知らせた。そして、赤穂の人たちは首尾良く本懐を遂げ、吉良上野介を庇っていた公儀は面目を失った」

「……」

「そこまでは頷けるけど、後が悪い。赤穂浪士の討ち入りの悲願成就で気を良くし、公儀を貶める次の機を待っていたところ、公儀は結城にお宝が埋蔵されていると思い込み、水野のお殿様を据えた。水野のお殿様が結城のご領主になると、小塩源五郎さんが動いた。源五郎さんは地元を知る下総人として重宝され、賄い方として取り立てられた。吉良家にいた時と同じ名で、なんて大胆だけど、常なら同じ名で仕えるなんて思わないわ。そして、水野のお殿様がお宝の在り処に近付くと、毒ならぬ毒を使って殺した。水野のお殿様は麦の粉が合わなかったようね。町人なら毒味役なんていないからそこらの毒を使ってもわからないだろうけど、お殿様ともなると毒味役がいるから手の込んだことしなければね。源五郎さんは自害と見せ掛けて、江戸から消えた」

「良くもそこまで考えるものだ」

其角は強がるが、声が震えている。

風は流れを止めず続けた。

「歌舞伎役者、生島半六の本姓は杉山、津軽の隠密、早道之者だった。関ヶ原の戦いで権現様に敗れて滅んだ石田治部少輔の子孫で徳川家を恨んでいる。津軽の弘前藩に大石内蔵助さんの一族がいて討ち入りの支援をしていた。それに半六も手を貸した。お宝の行方を探り続ける私たちは邪魔者でしかないわね。大地揺れの時、家の戸が開かなかったのも半六の仕業ね。その時は助かったけど、いよいよ姉さんがお宝の行方に近付き、拐された。半六が姉さんを連れ込んだのは牛島の牧野家下屋敷、家来衆の雨宮修理は身持ちが悪く、金さえ貰えば、何でもする。牧野家の近くには其角さんが句を詠んで雨乞いに寄与した田中稲荷がある。あの辺は其角さんの顔が利く」

「私は有り難がられても咎められる謂れはない」

「團十郎さんは姉さんを救い出し、下手人の半六を問い詰め、水野のお殿様の死やお宝のことを聴き出した。けれど、その半六に殺された。半六も殺され、口を封じられた」

「ならば、もう何もわからないではないか」

「去来さんが奥州を旅しがてら調べてくれると仰っしゃっていたのですがね」

「ほお、去来も奥州へ行ったのか。去来に会ったのですか」

「ええ。奥州へ行く前に立ち寄って下さいました。其角さんのお宅には寄らなかったのですか」

「い、いや」

其角は歯切れが悪かった。

風は去来が其角の家を訪ねたと踏んでいる。園との仲を咎めるためだ。そこで去来が奥州へ行くと知れば、手を打つ。それが、

「其角さんは松木伝七さんて方のお師匠さんですってね」

そのことだった。

「松木伝七？　ああ、渭北のことか。ええ、そうですよ」

其角は態とらしく惚けて応える。

「父様に消りたいと言って奥の細道を辿ったとか。其角さんが行かせたのですか。去来さんの後を追わせて」

「知らなかったな。滑北に私は何も言っていない。弟子だからといって、ああしろ、こうしろ、とは指図しない。本人が行きたければ、行けば良い」

「そう。まあ伝七さんは何も関わってなさそうだから、いいわ。けど、去来さんは気の毒《あやか》だわ。私が話したお宝のことを突き止めたことで殺されたのなら、私は私を許せなかったけど、愚かなことで……」

風は去来を不憫に思い、言葉に詰まった。

「去来が殺されただって？　そんなこと聞いていないぞ」

其角の空々しさに凪は憤りを覚える。

「聞いていないって、そんなことないでしょう。手を下したのは園さんなんだから。毒味役なんていないから大名を殺すより容易いわよね」

「そ、園って、どうして」

「どうして、園さんが殺したか、ってことじゃないわよね。どうして、園さんが殺したことがわかったかってことでしょう」

「何を言うか」

其角はもう丁寧な言葉遣いができなくなっていた。

風は押す。

「まあ、去来さんが結城のお宝の手掛かりを摑んでいたら一挙両得よね」

「戯けたことを言うものではない」

「父様も園さんが殺した」

「な、何ということを。あ、証拠《あかし》はあるのか」

「ないわ」

「ならば、園を下手人扱いするな」

「証拠《あかし》はないけど、謂れはわかっているわ」

「何だ、それは」

「貴方との仲を咎められたからよ。父様が最後に上方へ旅したのは珍碩さんと之道さんの仲を取り持つためだったけど、旦那さんに隠れて其角さんと不義を働いていることを咎めて、止めるよう説き伏せるためでもあった。其角さんはそれを知って、慌てて上方まで追い掛けたのでしょう。だから、父様の今際に立ち会えた。そうでしょう」

「そ、それは…」

其角は否定できなかった。

「去来さんは奥州へ行く前に其角さんを訪ねたんでしょう。園さんと関わらないよう説きに。そして、去来さんは奥州から北国の旅を追え、上方に帰り、園さんにも説いた。それで、殺された。私と姉さんは園さんの出してくれたお茶を飲まなかったけど、父様も去来さんも飲んでしまったのね。それを知っていたから私たちは死なずに済んだ。旦那さんの一有さんも園さんと其角さんの仲に気付いて責めたのでしょうね。毒を盛ることなど容易かったでしょう。それにしても旦那さんまで殺すなんて怖い女《ひと》ね」

「然れど、園が殺した証拠《あかし》はない」

「そうかしら」

「私たちが責められる謂れはない。さらには水野隠岐守様を小塩源五郎が殺した証拠もない。全て言い掛かりだ」

「そうね。水野のお殿様の一件は見事だわ。毒ならぬ毒なんて誰も思い寄らない。團十郎さんと半六のことだって、仲間割れで済まされてしまうのでしょうね」

「そ、そうだ」

其角は風の追及を切り抜け、勝ったと思った。

風は涼しい顔をしている。

淡々と語り出した。

「私は父様の遺した二つの句にある夢という言葉から奥州藤原の埋蔵金はどうなったのだろうと興が湧き、調べ出した。そして、藤原のお宝は下総の結城へ持ち去られたと知った。お宝の行方を追ううちに、色々なことがあり、人が死んだ。そのうち、お宝に近付いたことで殺されたのは水野のお殿様と團十郎さんの二人。團十郎さんは私がお宝を追わなければ、死なずに済んだかも知れないと思うと、遣り切れない」

其角は黙って聴いている。

凪は続けた。

「私はただ真実を知りたかっただけ。それで人が死ぬなんて堪えられない。もう誰も死んで欲しくない。ねえ、其角さん、お宝のことは誰にも話さない。話せば、また争いが起き、人が死ぬから。だから、約束して。お宝を誰にもわからないところへ移して、本当に埋蔵して。そして、もうお宝を使わないって。使えば、誰かがまた目を付ける」

其角は重い口を開く。

「凪さん、貴女は父上を死なせてしまった者でも許せるのですか。姉上が心を病んでしまったのも私が半六に手を貸したから。それも許せますか」

「そうね。許せないわ」

凪は、ふう、と一息つく。

「けど、心に終う。其角さんを恨んでも父様も團十郎さんも去来さんも帰らない。恨んで、罰するため告げ口すれば、お宝が明らかになる。お宝が明らかになれば、それを巡って人が争い、奪い合い、そして、殺し合う。だから、私は口を閉ざす」

風の切なる思いに其角は打たれ、静かに語り出す。

「私が放蕩三昧の膳所の藩主の行状に目を瞑っている公儀を恨んでいるのは確かです。その公儀の恣にされている結城の殿様や赤穂浪士を哀れに思った。源五郎さんの結城の名を取り戻したいという願いを叶えるため、それを妨げている幕閣の面目を失わせる。吉良上野介は幕閣と親しく、浅野内匠頭の刃傷以来、公儀に庇われている。赤穂浪士に吉良上野介討ちを成し遂げさせたら幕閣の権威は失墜する。源五郎さんは喜んで埋蔵金を使わせてくれたし、自らも一役買って動いてくれた」

風は穏やかに耳を傾けている。

「公儀は赤穂浪士の討ち入りで面目を失った。その上、五代将軍家の費えが酷く、金繰りに窮していた。そこで前々から目を付けていた結城家の埋蔵金を改めて探るため水野隠岐守様を送り込んできた。後は風さんのご推察の通りです。小塩源五郎さんは里に帰っています」

其角は風の推理の足りないところを補ってくれた。

「ありがとう」

風は本心から礼を言う。

其角はぽつりと、呟く。

「師匠と去来には済まぬことをした。私は園を止められなかった」

風は、

「もう園さんが良からぬことを考えぬよう手を打って下さい」

そう願い、立ち上がる。

「では」

頭を下げ、階段を降りて行った。

水茶屋を出る。

（いくら世を動かすほどの大金とはいえ、人を不幸せにして何の値打ちがあると言うの）

遣り切れない思いを胸に家路に着いた。

二

風は其角をやり込めた翌日、曾良が血相を変えて猪兵衛の家に駆け込む。その尋常でない慌て振りに、

「ど、どうしたの」

風は眉を顰めて訊く。

「どうしたも、こうしたもない。こ、これ！」

と、曾良は言って摺物を風に手渡した。

一枚や二枚ではない。

風は、絵を見るや、

「えっ！」

驚愕し、顔が引き攣った。

「な、何よ。これ」

どの摺物も艶絵が描かれている。それも際どく一人の女が二人、三人の男と交わっている痴態を如実に写実していた。

その男たちに弄ばれている女は雅に酷似している。

「ど、どこで」

風は腰を浮かして曾良を問い詰めた。

「どこもかしこもさ。ここら中で出回っているらしい」

そうと聴いて風は、

(桃隣の仕業に違いない)

確信する。

風は牛島の牧野屋敷で桃隣を捨て置いたことを後悔した。

(あの時、息の根を止めて置けば)

良からぬ思いにも及んだが、今は艶絵を収拾するのが先である。

曾良と手分けして下町を駆け回った。あちこちで男衆が艶絵を手にしてにやけている。

「ねえ、これ売って!」

頼んで回る。

だが、どの男にも、

「嫌だよ。これだけの艶物、滅多に手に入らねえ」

と、言われて断られた。

そこへ、

分れて動いていた曾良が声を掛ける。

「風さん」

「どうです」

風は訊いたが、曾良は首を横に振る。状況は同じだった。

艶本全て回収は至難である。ならば、

「出回った艶絵を取り戻すのは難しい。諦めましょう。それより、この上さらに広まらないよう版木を押さえなければなりません」

曾良の言う通りだった。

艶絵などは版木に彫られて刷られ、複製が大量に市中へ供給される。これを押さえなければ、雅の艶絵は出回り続けるしかない。

「う、うん」

風は今、市中に晒されている雅の艶絵も気になるが、ここは冷静に動くことにした。

「版元を調べましょう」

曾良は言い及ぶ。尤もだった。

出回っているのだから版元は容易に知れる。

「紀伊国屋文左衛門」

風は再びその名を聞いた。しかし、

「紀伊国屋文左衛門て材木商でしょう。何で本の版元になんか」

合点がいかない。

曾良が説き明かす。

「紀伊国屋文左衛門は確かに大手の材木商でした。材木を扱って若くして財を成し、八丁堀に広大な屋敷を築き、公儀にも顔が利くほどの権勢でした。然れど、深川木場の火事でほとんどの材木を失い、袖の下を使って勘定奉行の荻原近江守（重秀）様に取り入り、十文銭の鋳造を任されましたが、材料を偽り、粗悪な貨幣だったため役を解かれました。貨幣鋳造にほとんどの財を投じていたため今は没落しています」

「桃隣だけでは摺物は出せない。江戸に版元はいくつかあるけど、こんな公儀に目を付けられそうな艶絵に手を出さないでしょう。杉風さんなんか嫌悪するでしょうね。桃隣だってわかっている。だから出してくれそうな人物を探した。千山と号する紀文は其角さんだけでなく蕉門に顔が広い。桃隣とも繋がっていたのね」

と、風は推し量る。

「桃隣はまともな版元だと相手にしてくれないので、紀文に持ち掛けたということか。天下に大大尽として名を上げた紀文だ。儲からないと思えば、手を出さない。まあ、これだけ男心をそそる艶絵だ。売れると断じたのであろう」

曾良は文左衛門の商売感覚を測った。

「紀文はどこにいるの」

「深川一の鳥居です」

「行きましょう」

風は曾良を促して文左衛門の棲家へ向かった。

「へえ、あの大大尽と言われた紀文が今はこんなところに棲んでいるんだ」

少し驚く。

八丁堀に構えていた豪邸からは思いも寄らぬほど質素な屋敷だった。

風と曾良は門を潜り、玄関へ向かう。

「紀伊国屋文左衛門さん、いらっしゃいますか」

風が問い掛ける。

それから間もなく出て来たのは、

「えっ」

曾良の知っている女性だった。

風は曾良の驚いた様子に気付き、

「誰？」

と、小声で訊く。

「塚…生島半六の叔母です」

曾良も小さく返すが、聴いて風は目を見開いた。

團十郎を殺して自らも闇から闇に葬り去られた半六の叔母が、

(何故、ここにいる)

複雑な絡み合いを感じる。

それにしても塚は半六の叔母であれば、とうに五十路に入っているはずだが、四十路、いや三十路と言っても通じるほど艶容であった。

(半六の叔母ということは杉山縁の者、この塚という女も早道之者なのか)

と、思わせるに十分である。

塚のことを詮索している場合ではなかった。

「紀文大尽にお会いしたい」

曾良が告げる。

「伺って参ります」

と、言って、塚は一旦、奥へ引っ込んだ。

程なく戻り、

「お会いなされるそうです」

曾良と風を奥へ請じ入れる。

三

曾良と風は奥の広間に通された。

上座に三十路半ばの艶福な男衆が右肘枕で寝そべっている。

紀伊国屋文左衛門その人だった。零落れて尚、着衣など贅沢である。

下座では、

「桃隣」

書き物に耽っているのを風が見付けた。

雅の艶絵を基に好色本を創作しているようだ。

「くっ」

風は歯噛みする。桃隣の筆を止めるべく突っ掛かろうとしたところで、

「ご用は」

文左衛門から声が掛かった。既に座り直して胡坐を掻いている。

「芭蕉師匠の娘さんとお弟子さんがこの紀文に何用ですかな」

目を据わらせて問う。

風は臆せず、

「版木を貰い受けに来た」

と、単刀直入に応えた。

「版木？」

文左衛門は惚ける。

「白を切らないで。この版木よ」

風は艶絵を突き付けた。

「ああ、それですか。ここにありますよ」

文左衛門はこれ見よがしに十枚の版木を手に取り、放り投げる。

その太々しい振る舞いに、曾良は怒りを覚えつつも版木を取り込もうと前に出た。

風も続いたところで、

「待った」

文左衛門が言い放つ。

「これは私の物ですよ。ただで手に入れようとは虫が良い」

と、釘を刺す。

「どうせ、そこの桃隣に飲み食いさせ、女を宛がっただけで手に入れたのでしょう」

風は突っ込んだが、

「それでも今は私の物だ。値打ちは私が決める」

文左衛門にあっさり返された。

「いくらなら譲ってくれるのですか」

曾良が現実的に訊く。

文左衛門は、

「そうさな」

勿体付けて曾良と風を弄るように焦らし、

「千両」

と、吹っ掛ける。

「千両!?」

曾良と風は声を揃えて驚いた。

「いくら何でも、それは高過ぎる」

曾良は不服を唱える。

「私はそれくらいの値打ちがあると思っていますよ。巷では大流行《おおはやり》ですからね」

文左衛門は強かに言い込める。

曾良と風は忌々しそうに文左衛門を睨み付けるばかりだった。

風は堪りかねて、

「書くなっ」

桃隣に躍り掛かり、右腕を摑み、筆を奪う。

「な、何するんだ」

桃隣は風に組み付いた。

風と桃隣は見苦しいほど揉み合う。風は平静を失い、関口流柔術の極意を発揮できる状態になかった。

文左衛門は眉を顰め、蔑んだ目を向けている。

そこへ、

「私たちに千両など払えぬとわかっていながら…魂胆はわかっている。千両に代わる利があれば、受けるおつもりはおありか」

曾良が冷静に文左衛門へ投げ掛けた。

文左衛門はにやりと嫌らしく笑い、

「わかる方には話が早い」

と、示唆する。

「で、代わりとは」

曾良は間髪いれない。

文左衛門はなおも勿体付けて、ふっ、と破顔し、

「結城のお宝の秘密ですよ」

と、諭す。

それが風の耳にも聞こえた。

「えっ？」

我に返り、

「ああ！　鬱陶しい」

桃隣を投げ飛ばす。

桃隣は柱に背中を打ち付けて失神した。

話に風も加わる。

「結城のお宝の秘密を知ってどうするの？」

文左衛門に問うた。

「わかり切ったことを言わせないで下さいよ。風さん、貴女は結城のお宝の在処を掴んだのでしょう。知らぬ存ぜぬは通りませんよ」

それが端から狙いだったのである。

桃隣の艶絵を見て売れると踏んで、出版したが、描かれた雅が妹の風と莫大な結城埋蔵金に迫っていると知った。元々艶絵は数多に刷って出回らせようとしていたが、その余禄の大きさに利敏い文左衛門が食指を動かさぬはずはなかったのだ。

「教えたら版木だけでなく、この屑の描いた絵や本を渡してくれるの」

風は駆け引きは苦手だが、問い質す。

「ええ」

文左衛門は応諾した。

風は結城埋蔵金の在処を文左衛門に話そうとしている。

「風さん」

曾良は気が気でない。埋蔵金の在処は公儀隠密の曾良にこそ話すべき秘中の秘であった。紀伊国屋文左衛門などに横取りされては敵わない。

風は振り向いて曾良の目を見詰め、頷いた。

(任せて)

と、目で物を言っている。

曾良は不承不承静観することにした。

「わかった。話すから版木と絵、約束よ」

風は念を押し、

「確かであれば」

文左衛門も承服する。

「お宝は下総にある」

風は其角たちの泥々した人間模様などは巧く除けて奥州平泉から下総へ移された藤原氏の埋蔵金の行方を話していく。

結城主従によって幾重にも仕立てられた実しやかな偽の手掛かりの壁を破り、消去していき、

「そして、膳所主水に辿り着いた」

本旨に及んだ。

文左衛門は固唾を飲んで風の二の句を待つ。

そこで、

「版木を渡して」

風は要求し、

「渡さなければ、続きは話さない」

強気に出た。

ここまでの風の解説に文左衛門は聴き入り、納得している。然すれば、膳所主水の正体を知りたくて仕方がない。今、埋蔵金に手が届くところまで来ている。

もう堪らなかった。腹を括り、

「わかった。渡す。渡すから早く話してくれ。膳所主水とは何物だ」

文左衛門は小走りに風へ近付き、押し付けるように版木を手渡す。

風は受け取り、版木を確認すると、

「膳所は膳を扱う所、つまり賄い方、主水は水取りに由来し、井戸」

解けた謎を告げた。

然して、

「お宝は下総結城の小塩郷。吉良家と水野家の賄い方だった源五郎は今、里にいる」

苦心の末、摑んだ推理を明かした。

「風さん」

曾良は面喰らう。

「ど、どうして」

埋蔵金の偽の手掛かりなどいくら話しても差し支えないが、膳所主水の秘密は明かさないと信じていた。曾良もまだ聴いていない。

風に裏切られた気になったが、詰っている場合ではなかった。

(紀文より先に押さえなければ)

急いで文左衛門の屋敷を飛び出して行った。その慌て振りは偽りなく、文左衛門は風の情報が確かなものと頷く。

奥の間から躍り出て、

「吉一、吉一はいるか」

と、喚わった。

文左衛門の二男である。

吉一は直ぐに現われた。

文左衛門は、

「人数を集めろ。下総へ行くぞ」

と、命じる。

果たして、紀伊国屋も結城家埋蔵金争奪に加わり下総へ急いだ。

風は桃隣の描いた艶絵や好色本もことごとく回収し、紀文屋敷を後にした。

家へ帰る帰途、

「其角さんはもうお宝を使わないと約束してくれた」

と、呟く。

翌日、紀伊国屋衆は何人にも先んじて下総結城の小塩郷に踏み込んだ。

源五郎の住居に押し掛ける。

一家は逃散し、蛻《もぬけ》の殻だった。

文左衛門の目的は源五郎ではない。

「辺り一帯を隈なく探せ」

と、家人たちの尻を叩いた。

だが、全く見付からない。

その内、曾良が隠密十人を率いて現われた。
「どけ、どけぃ」
紀伊国屋の家人たちを押し退けて源五郎の家の敷地に立ち入る。
曾良の指図で隠密十人は近辺の井戸という井戸を捜索した。
それを十日続けたが、何も出て来ない。
(やられた)
曾良は覚った。
其角は風との約束を守り、埋蔵金を移していたのである。
その行方は杳として知れない。
「一盃食わされましたな」
文左衛門は曾良に声を掛け、口をへの字に曲げた。
曾良は何も言えず、立ち尽くす。
風の肝の据わった駆け引きに感じ入るばかりであった。

終章

颪にとって試練の連続だった宝永元年が暮れ、新たな年が明ける。
姉妹にとって深川は辛い思い出が多過ぎた。
従兄とはいえ、いつまでも猪兵衛の家に居候していることもできない。
颪は姉、雅との新居を探した。
雅を家に残し、一人、両国橋を渡る。
広小路は見世物小屋が建ち、茶屋が並び、江戸でも一、二を争う盛り場になっていた。
颪は人を掻き分けるように広小路を抜け、町中へ入って行く。
「ここだ」
颪が目を付けたのは深川とは大川の河向こう橘町（現、東日本橋三丁目付近）だった。

「私たちの知らない父様の棲家か」

元禄四（一六九一）年十月二十九日、奥の細道の長旅から江戸に戻った芭蕉はここで荷を下ろし以後、翌年五月に深川で芭蕉庵が再建されるまで半年余り過ごしている。

雅と風は母の寿に従い、旅がちの芭蕉とは別居していたので、ここには棲んでいない。

家は元禄十六年の震災も堪え凌ぎ、大火も免れ、健在だった。

十三年も経てば、家主の彦右衛門は老域に入っている。

風が訪ねると、

「おお、芭蕉さんの娘さんですか。それはそれは」

懐かしそうに応対してくれた。

風は彦右衛門の案内で家の中を見る。

芭蕉は一人暮らしだったにもかかわらず、三間あり、竃もあった。一間は句を書き留めた短冊や帳面を保管する部屋だったようだ。

塀と家屋の狭い空間で行水もできる。

彦右衛門は遠い記憶を呼び起こし、目を細めて語る。

「僅か半年ばかりでしたが、多くのお弟子さんたちが様子見舞いにいらして、それは賑やかでしたよ。本当に敬われ、慕われていらっしゃいました」

風は当時の様子を想像し、ほのぼのとする。

棲んでみたいと思った。

「この家、借りられますか」

申し入れると、彦右衛門は、

「それは願ってもないことです。けれど、私もこのように老いてしまい、いつまで家の持ち主でいられるかわかりません。叶うならば、貸すのではなく、お譲りしたい」

と、返答する。

「それは」

風は家を買うなど考えていなかった。大きな買い物で相当な出費となる。

そのような金はない。

しかし、

「ここに姉さんと棲みたいな」

その気持ちが強かった。父芭蕉の匂いがする。

手がなくもない。

(杉風さんに借りて少しずつでも返していくか)

それが叶えば、姉の雅の同意も得たいところだが、判断できる状態ではない。

「少し考えさせて下さい」

一旦、保留し、この日は引き取った。

深川の家に帰り、雅と向き合う。

「姉さん、今日、父様が以前に棲んでいた家を見て来たよ」

凪は雅に話し掛ける。

雅は応えない。それでも、

「お弟子さんたちが大勢、訪ねて来て、賑やかだったそうよ」

凪は語り続けた。

そして、

「彦右衛門さんが私たちに譲りたいって言うのよ。どう思う?」

と、訊いてみる。

すると、

「いいんじゃない」

雅は心を病んで以来、初めて意思を示した。

「そ、そう」

凪は驚き、喜び、目に涙を浮かべ、

「そうね。そうしよう」

と、雅の手を握る。

雅と風は橘町の家を彦右衛門から格安で譲り受けた。

年の瀬で忙しい最中だが、深川から移り行く。

猪兵衛が荷車を曳いてくれた。

家具や荷物を全て運び入れると、

「じゃあ、これで。偶には深川にも顔を見せてくれよ」

寂しそうに名残を惜しむ。

「ええ、必ず」

風は約束して猪兵衛を見送った。

雅と風が大川より西側に棲むのは初めてである。

姉妹の新しい暮らしが始まった。

年が明けて暫く、梅が見頃になる時分、園が江戸へ越して来る。

其角が風との約束通り園を引き取ったのである。

深川八幡の門前に家を宛がった。

其角の棲む茅場町とは半里離れていない。目の届くところに囲った。

結城埋蔵金を追い求める公儀の動きはない。其角が小塩源五郎の家の井戸からどこか人知れずに移して埋没させた。その後、其角も結城遺臣も全く手を付けなかったため、公儀は糸口を摑めず、探しようがない。

雅と颪は橘町に暮らし、何事もなく、何も変わらず時が過ぎていく。

秋が立った。

雅がぽつり、

「父様のお墓参り行こうか」

と、言う。

「う、うん、行こう」

颪は染み入るような笑顔で頷いた。

二年後——

宝永四（一七〇七）年二月三十日、宝井其角死す。享年四十七。

連日の深酒が祟ったと言われるが、酒の弱い其角が早く死にたがっているような飲み方だった。

間接的でも師匠の芭蕉と相弟子の去来の死に関わってしまったことに負い目を感じたか。

あの世で芭蕉と去来に詫びているかも知れない。

其角の死後、園の箍が外れるか。

いや、園は其角が死んで憑き物が落ちたように生気のない暮らし振りだった。

正徳二（一七一二）年、三十六歌仙に因み深川八幡に三十六本の桜を寄進するという善行もしている。

享保二（一七一八）年、其角の十三回忌の前年、剃髪して智鏡尼と号す。

そして、享保十一年まで生き永らえ、天寿を全うした。享年六十三。

雅と風を幾度となく陥れた桃隣はどうなったか。

誰にも相手にされなくなり、世に埋もれている。

どこかで女を誑かし、艶絵を描いているのかも知れない。

結城埋蔵金を巡る狂騒から百二十年余りの後、文政十一（一八二八）年、下総相馬の吉田村孫右衛門宅の井戸から竿金九千本が掘り出される。

それからまた三十年余の後、安政六（一八六〇）年、下総結城の吉田村五郎右衛門宅の古井戸からこれも九千本の棒金が掘り出された。

そして、昭和四十四年、滋賀県野洲市虫生において古銭三千八百枚が発掘される。

芭蕉は最後の上方道中で弟子たちの諍いを収めることを目的としながら近江と伊賀に三ヶ月も留まっていた。

近江は結城晴朝の旧臣、多賀谷重経の終焉の地である。

本書は書き下ろし作品です。

按《あん》針《じん》

仁志耕一郎

英国の航海士ウィリアム・アダムスは、荒れ狂う海原に呑まれるも豊後に漂着。やがて徳川家康への接見を契機に、関ヶ原の合戦に駆り出される。そして死地を生き延びたアダムスは、家康から日本名・三浦按針を授けられ、やがて日本を愛し、平和のために家康を支える覚悟を決めてゆく。「青い目の侍」の冒険浪漫。

天魔乱丸
大塚卓嗣
ハヤカワ
時代ミステリ文庫

よろず屋お市
深川事件帖

誉田龍一

幼い頃、実の父母が不幸にも殺され、お市は岡っ引きの万七に育てられる。よろず請負い稼業で危険をかいくぐってきた万七だが、彼も不審な死を遂げた。哀しみのなか、お市は稼業を継ぐ。駆け落ち娘の行方捜し、不義密通の事実、記憶のない女の身元、ありえない水死の謎――持ち込まれる難事に、お市は独り挑む。

ハヤカワ
時代ミステリ文庫

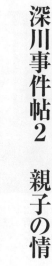

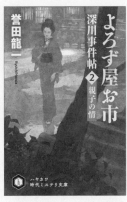

戯作屋伴内捕物ばなし

稲葉一広

町娘がかまいたちに喉笛切られて死んじまった！——金と女にだらしないが、口先と頭は冴えまくる戯作屋・伴内のところには今日も怪事が持ち込まれる。空飛ぶ幽霊、産女のかどわかし、くびれ鬼による呪い死に……江戸中の怪奇を、鮮やかに解き明かしてみせる。妖の正体見たり、枯尾花！　奇妙奇天烈捕物ばなし。

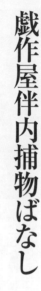

著者略歴　1961年東京生，作家
著書『雑賀の女鉄砲撃ち』『雑賀の女鉄砲撃ち　鋼輪の銃』『三楽の犬』

HM=Hayakawa Mystery
SF=Science Fiction
JA=Japanese Author
NV=Novel
NF=Nonfiction
FT=Fantasy

芭蕉《ばしよう》の娘《むすめ》

〈JA1502〉

二〇二一年十月十日　印刷
二〇二一年十月十五日　発行
（定価はカバーに表示してあります）

著者　佐《さ》藤《とう》恵《けい》秋《しゅう》
発行者　早川浩
印刷者　西村文孝
発行所　株式会社　早川書房
郵便番号　一〇一 - 〇〇四六
東京都千代田区神田多町二ノ二
電話　〇三 - 三二五二 - 三一一一
振替　〇〇一六〇 - 三 - 四七七九九
https://www.hayakawa-online.co.jp
乱丁・落丁本は小社制作部宛お送り下さい。
送料小社負担にてお取りかえいたします。

印刷・精文堂印刷株式会社　製本・株式会社フォーネット社

ISBN978-4-15-031502-3 C0193

本書は活字が大きく読みやすい〈トールサイズ〉です。